백점 맞는 글쓰기 습관 ❶

도와줘, 오똑맨!
재미난 일기 쓰기

백점 맞는 글쓰기 습관 ❶

도와줘, 오뚝맨!
재미난 일기 쓰기

초판 1쇄 인쇄 2014년 9월 26일
초판 1쇄 발행 2014년 9월 30일

지은이   서유리(글), 박지영(그림)
발행인   정현순
발행처   지혜정원
출판등록 2010년 1월 5일 제313-2010-3호
주소   서울시 광진구 천호대로 109길 59 1층
연락처   TEL: 02-6401-5510 / FAX: 02-6280-7379
홈페이지 www.jungwonbook.com
디자인   박지영

ISBN   978-89-94886-59-6 63800
값   13,000원

오늘도 **똑**같이, **맨**날 똑 같은 일기는 그만!

도와줘, 오뚝맨!
재미난
일기 쓰기

지혜정원

선생님들께서 내 주는 숙제 중 가장 하기 싫은 것은 무엇인가요?

선생님은 어린 시절 방학 숙제 중 가장 싫어했던 것이 바로 일기 쓰기였어요. 미루고 미루다 결국 개학 하루 전에 몰아 쓰다가 날씨를 다 틀리게 써 선생님께 혼쭐이 나기도 했지요. 그렇게 혼이 났는데도 일기는 여전히 하기 싫은 숙제였죠.

일기 쓰기가 왜 그렇게 싫었을까요? 매일 매일 평범한 일상에 특별한 일도 없고, 쓸 내용도 없는데 똑같은 글을 왜 써야 하는지 정말 이해가 되지 않았죠. 우리 친구들도 그때 선생님과 똑같은 고민을 하고 있지는 않나요? 그런데 그건 일기에 대해 잘 몰라서 하는 고민이라는 걸 깨달았어요. 일기는 특별한 일을 쓰는 것이 아니라 내 평범한 일상을 쓰는 것이라는 걸 알았다면 '특별한 일이 없어 쓸 내용이 없어요!' 라는 고민은 하지 않았겠죠?

어린 시절 선생님과 똑같은 고민을 하며 여전히 일기를 쓰기 위해 머리를 싸매고 있을 친구들을 위해 선생님이 일기 비법을 전수해 주려고 해요.

우선 일기는 내가 한 일을 중심으로 쓰는 것이 아니라 본 것, 들은 것, 느낀 것을 중심으로 쓰는 거예요. 내가 한 일을 중심으로 쓰려고 하면 특별한 일이 없어서 쓸 내용이 없다고 느낄 거예요. 하지만 온종일 내가 보고, 듣고, 느낀 것을 생각해 보세요. 아마 쓸 내용이 무궁무진하지 않을까요? 또 일기는 평범한 일상이라도 어떻게 쓰느냐에 따라 특별한 일기가 될 수 있어요.

이 책에서는 똑같은 일상도 특별하게 전달할 수 있는 다양한 형식의 일기 쓰기와 일기를 쓸 내용이 없어서 고민하는 친구들을 위한 다양한 내용의 일기 쓰기 비법을 알려 줄 거예요. 여러분처럼 일기 쓰기를 무척 싫어했던 새롬이가 신비한 일기장 오똑맨을 만나 일기 왕이 된 과정을 따라가 보면 어느새 여러분도 일기 쓰기 대장이 되어 있을 거예요.

Contents

둘째 마당
내용 토끼 잡기

[소개 일기]

★ 첫째 마당 ★
형식 토끼 잡기

실감나는 표현으로 날씨, 제목 쓰기

"새롬아, 자기 전에 꼭 일기 쓰고 자!"

"네……."

'네' 라고 대답하긴 했지만, 한숨부터 나왔어. 매일 매일 똑같은 하루의 반복인데 뭐라고 일기를 써야 할지……. 도대체 일기를 만든 사람은 누굴까? 누구인지는 모르겠지만, 그 사람은 분명 매일 매일 신 나는 일이 가득했던 사람일 거야.

"에이, 모르겠다! 그냥 어제랑 비슷하게 써야지!"

어제 일기를 들춰보고 비슷하게 일기를 쓰려고 하는데 어디선가 이상한 소리가 들렸어.

"웩~ 웩~"

"이게 무슨 소리지? 아무도 없는데? 잘못 들었나?"

주위를 둘러봐도 아무도 없길래 다시 일기 쓰기를 시작했어.

"웩~ 우웩~"

"어? 누구야? 비겁하게 숨어 있지 말고 빨리 나와!!!"

어디선가 계속 들리는 소리에

무서웠지만 일단 큰소리를 쳤어.

"숨어 있긴 누가 숨어 있어? 여기야 여기!!!"

소리가 나는 곳은 내 책상 위였어. 책상 위는 일기장이랑 지우개, 연필뿐이었어.

"귀신이 곡할 노릇이네. 도대체 누구야!!!"

"나라고 나! 네 일기장!"

아니 이게 웬일! 일기장이 인상을 있는 대로 구기며 나에게 말을 걸고 있는 게 아니겠어? 나는 눈을 비비고 다시 한 번 책상 위를 봤어. 말을 하는 건 틀림없이 내 일기장이었어.

"어……어떻게? 일기장이!!!"

"내가 참다 참다 도저히 참을 수가 없어서 우리 세계 규칙을 조금 어기기로 했어. 원래 사람들에게 말을 걸면 안 되거든. 내가 이렇게 사람에게 말하는 거 알면 아마 큰일 날 거야. 그러니까 너도 비밀로 해! 알았어?"

나는 너무 놀라 대답도 못 하고 그냥 고개만 끄덕였어.

"어쨌든! 너 새롬!!! 도대체 언제까지 이럴 거야?"

"뭐……뭘?"

"네 똑같은 일기 말이야! 이름은 새롬이면서 전혀 새롭지가 않잖아!!! '오늘' 웩!!! '나는' 우웩 '아침에 일어나서' 웩웩 이제 더는 참을 수가 없어."

"아…… 그거?"

"'아, 그거?' 그렇게 태평하게 말할 일이 아니야. 공책 친구들 사이에서 내 별명이 뭔지 알아? 오똑맨이야 오똑맨!"

"오똑맨? 무슨 뜻이야? 뭔진 모르겠지만, 오뚝이랑 비슷한 게 느낌이 좋은데?"

"뭐? 느낌이 좋아? 왜 오똑맨인줄 알아? '오늘도 똑같은 일기!' 줄여서 오똑맨이야!!!
국어, 수학, 영어 공책에는 매일 매일 새로운 내용을 잘도 쓰면서 왜 나한테만 매일
똑같은 글이야? 너 엄마가 만날 김치만 주면 어떨 것 같아? 나도 '오늘, 나는, 아침
에' 이렇게 시작하는 똑같은 일기 때문에 체할 것 같아. 우웨엑!!! 생각만 해도 글자들
이 넘어와. 웩웩"

"듣고 보니 미안하긴 한데 나도 어쩔 수가 없어. 특별한 일도 없고, 재미있는 일도 없
고 매일 매일 거의 비슷하거든. 이러한 상황에서 어떻게 새롭고 특별한 일기를 쓰겠
어? 아마 내 친구들도 다 비슷할걸?"

"무슨 소리! 특별한 일이 없어도 특별한 일기는 쓸 수 있는 거야. 일단 새롬이 네가
한 것을 쓰려니까 매일 똑같이 느껴지지. **네가 한 것보다는 본 것, 들은 것, 느낀
것, 생각한 것** 중심의 일기를 써 봐."

"하긴. 내가 하는 것은 매일 매일 거의 똑같으니까. 듣고 보니 오똑맨 말이 맞는 것
같네."

"그리고 하루 일과를 일어나서 잠들기 전까지 주구 장장 나열하려고 하니까 똑같지!
그렇게 하지 말고, 오늘 본 것, 들은 것, 느낀 것, 생각한 것 중 **네 마음을 사로잡았
던 한 장면을 자세히 소개해 보란 말이야.** 긴 드라마를 찍기보다는 한눈에 시선
을 사로잡는 광고를 찍는다는 느낌으로! 알겠어?"

"광고? 그런가? 아무튼, 또 다른 방법 없어? 더 마음에 확 와 닿는 방법 말이야!"

"헐, '그런가' 라니? 지금 일기 나라의 엄청난 비법을 전수해 주고 있는데 겨우 '그런
가?' 라고?"

"뭐? 엄청난 비법이라고? 비법이라고 하기엔 조금 시시하잖아. 그런 거 말고 진짜

일기를 뚝딱 잘 쓸 수 있는 비법을 전수해 달란 말이야."

내 얘기에 자존심이 상했는지 오똑맨은 가뜩이나 험상궂은 인상을 박박 구기며 나를 노려봤어. 그러다가 뭔가 결심한 듯 입을 열었지.

"좋아. 이 오똑맨이 큰 결심을 했어. 신새롬! 너에게 일기 비법카드를 주기로 말이야."

"뭐? 일기 비법카드? 진짜 정말 고마워 오똑맨!!!"

일기 비법카드라니 이게 웬 횡재야! 나는 어떻게 해서든 그 비법카드를 꼭 손에 넣고 싶었어.

"어허! 공짜로 비법 카드를 줄 수는 없지. 공짜 좋아하면 너 대머리 된다!"

"치~ 내가 뭘 하면 되는데?"

"일기를 쓸 때 이 머리띠를 하고 쓰는 거야. 어때? 쉽지?"

"뭐? 머리띠를 하라고? 왜?"

"이 머리띠는 마법의 머리띠야. 이 머리띠를 하면 네 머릿속 생각을 보여주지."

"뭐? 내 생각을 보여주라고? 그건 싫어. 내 머릿속 생각을 보여주면 내 비밀도 다 보여줘야 하잖아. 내가 민식이 좋아하는 건 비밀이란 말이야."

"참나! 지금 네가 네 비밀 다 말했거든! 그리고 누가 매일 매일 쓰고 있으래? 일기 쓸 때만 쓰란 말이야. 다른 친구들이 네가 일기 쓰는 과정을 알 수 있도록 하는 거야. 그게 비법카드를 보는 대가야."

"그래? 그래도 그건 조금 부담되는걸."

"내 친구 다른 일기장들도 나처럼 똑같은 단어 때문에 잔뜩 질려있거든. 네가 비법카드를 보고 일기 쓰는 과정을 보여주면 다른 친구들에게도 도움이 될 거야. 어때? 해 볼래?"

내 생각을 보여 준다는 것이 조금 부담되었지만 일기 비법카드를 꼭 손에 넣고 싶었어.

"음…… 좋아. 해 볼게. 나도 매일 똑같은 일기 너무 지겨웠거든. 빨리 비법 카드를 보여줘."

"참, 그리고 일기 비법카드를 다 모을 때까지 누구에게도 말해서는 안 돼. 나에 대해서도. 알았지?"

"그건 왜?"

"이그, 아까 말했잖아. 이렇게 사람들하고 말하는 건 우리 세계 규칙을 어기는 거라고! 들키더라도 일단 너에게 일기 비법카드를 모두 전수해 준 뒤에 들켜야 해. 그리고 일기 비법카드를 모두 전수받은 너는 일기를 기가 차게 잘 써야 해. 그래야 나도 규칙 어긴 것에 대해 할 말이 있지. 아무튼, 모든 것은 너한테 달려있어."

모든 것이 나한테 달려있다는 오똑맨의 말에 왠지 비장한 마음이 생겼어.

"알았어. 오똑맨 나 정말 열심히 해 볼게."

"자, 그럼 먼저 이 머리띠를 쓰는 거야."

일기장 위에 안테나 모양의 머리띠가 나타났어. 조금 겁이 났지만 매일 일기 쓰는 어려움에서 벗어날 수 있다는 생각에 용기를 내서 머리띠를 썼어. 내가 머리띠를 쓰자 일기장 위에 오똑맨이 말한 비법카드가 나타났단다.

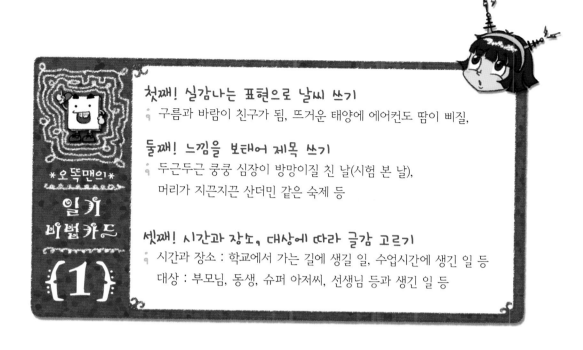

첫째! 실감나는 표현으로 날씨 쓰기
♪ 구름과 바람이 친구가 됨, 뜨거운 태양에 에어컨도 땀이 삐질,

둘째! 느낌을 보태어 제목 쓰기
♪ 두근두근 쿵쿵 심장이 방망이질 친 날(시험 본 날),
머리가 지끈지끈 산더미 같은 숙제 등

셋째! 시간과 장소, 대상에 따라 글감 고르기
♪ 시간과 장소 : 학교에서 가는 길에 생길 일, 수업시간에 생긴 일 등
대상 : 부모님, 동생, 슈퍼 아저씨, 선생님 등과 생긴 일 등

오똑맨이 말한 비법카드를 봤지만 아직 아리송했어.

"오똑맨! 비법카드를 보긴 했는데 무슨 뜻인지 잘 모르겠어."

"뭐? 새롬이 너 진짜 답답하다! 비법을 알려 줘도 모르겠다니! 쯧쯧, 좋아. 답답한 주인을 위해 친절히 설명해 주지. 음음!!!"

오똑맨은 설명을 하기 전에 목을 가다듬었어. 표정이 아주 거만했지만 일단 비법을 전수받기 위해 꾹 참았지.

"첫째, 날씨를 쓸 때 '흐림, 맑음, 비'이런 단순한 표현 좀 버려봐. 흐리다는 표현보다는 '구름과 바람이 친구가 됨'덥다는 표현 보다는 '뜨거운 태양에 에어컨도 땀이 삐질'등 실감나게 날씨를 표현할 수 있잖아. 실감나게 날씨를 표현 하는 것은 개성 있는 일기의 첫걸음이라고!"

"아하, 이제 좀 알 것 같아. 그럼 둘째는? 둘째도 설명해 줘."

"일기의 제목을 쓸 때는 주로 글감을 소재로 하는 경우가 많아. '시험, 숙제' 이렇게 말이야. 이 때 글감에 느낌을 보태어 제목을 쓰면 더 특별한 일기가 될 거야. 단순히 '시험' 보다는 '두근두근 쿵쿵 떨리는 시험', '숙제' 보다는 '머리가 지끈지끈 산더미 같은 숙제'가 더 특별해 보이지?"

"오호라 그렇구나. 글감에 느낌을 더하니까 정말 새로운 일기 같이 되었어. 신기한 걸. 자, 이제 마지막 비법에 대해 설명해 주시죠. 오똑맨 님."

"글감을 고를 때 단순히 네가 오늘 한 일만 생각하니까 글감 고르기가 쉽지 않은 거야. 아까도 이야기 했지만 '한 것' 보다는 '본 것, 들은 것, 느낀 것, 생각한 것' 중심의 일기를 써야 해. 그리고 글감을 고를 때 시간, 장소, 대상에 따라 글감을 골라 봐."

"예를 들면?"

"참, 거 참 귀찮게 하네. 좋아, 예를 들어 시간과 장소에 따라서는 아침에 일어나서 학교에 가기 위해 집을 나설 때까지 있었던 일, 학교에 갈 때 있었던 일, 수업시간에 있었던 일, 점심시간에 있었던 일, 학교에서 집으로 돌아오는 길에 있었던 일, 놀이터에서 있었던 일, 친구네 집에서 있었던 일, 학원에서 있었던 일, 집에 돌아와서 잠들기 전까지 있었던 일 등으로 나누어 생각해 보고, 글감을 정할 수 있어. 또, 대상에 따라서는 부모님, 형제나 자매, 이웃, 선생님, 친구, 슈퍼 아저씨, 길에서 만난 아줌마 등과 있었던 일에서 글감을 정할 수 있겠지."

"무턱대고 글감을 생각하는 것보다는 그렇게 나누어서 생각해 보니까 글감 정하기가 훨씬 더 쉬울 것 같아."

"이제야 이야기가 조금 통하는 군. 여기에서 끝이 아니야. 새롬이 만의 새로운 일기를 쓰는 비법이 아직 많이 남아 있어."

"정말? 오똑맨 빨리 알려줘. 빨리."

"그러고 싶지만 오늘은 돌아갈 시간이야. 오늘은 일단 내가 알려준 대로 최대한 색다른 일기를 써 보렴. 그럼 안녕."

"어! 오똑맨!!!!"

오똑맨은 어느 새 평범한 일기장으로 돌아왔어. 내가 꿈을 꾼 걸까? 책상 위에 있는 안테나 머리띠가 없었다면 아마 나는 꿈이라고 착각했을 거야. 순식간에 벌어진 일에 어리둥절해 하고 있을 때 엄마가 들어왔어.

"새롬아, 일기 다 썼니?"

"네? 아, 이제 쓰려고요."

나는 얼른 머리띠를 감추고 말했어.

"뭐야? 아직 안 썼어? 빨리 쓰고 자야지."

"오늘은 좀 특별한 일기를 써 보려고요."

"특별한 일기? 네가 웬일이야. 매일 일기 쓰기 싫다고 투정부리면서 아무튼 그런 생각을 했다니 기특한 걸. 기대할게 신새롬."

"네."

엄마가 나가고 나는 안테나 머리띠를 꺼냈어.

"계속 일기 비법카드를 얻으려면 이 머리띠를 써야한다고 했지? 어디 한 번 써 볼까?"

나는 머리띠를 쓰고 일기를 쓰기 시작했어.

실감나는 표현으로 날씨, 제목 쓰기

우선 글감을 정해볼까?
시간과 장소, 대상에 따라
생각해보면 된다고 했지?
일단 오늘 갔던 곳과 만난 사람을
생각해 보자.

내가 한 것보다는 본 것, 들은 것,
생각한 것, 느낀 것 중심으로
기억을 더듬어 보자.
아하, 오늘 학원 가는 길에 본
강아지에 대해 쓰면 되겠구나.
배고픈지 축 처져 있는
강아지가 불쌍했어.

이제 날씨를 써 볼까?
봄 날씨답지 않게 조금 쌀쌀했어.
이런 걸 꽃샘추위라고 하나?
꽃샘추위라는 말을 활용해서
표현해 봐야지.

제목을 쓸 때는 느낌을 보태어
쓰라고 했지?
주인도 없이 축 처져 있는 강아지가
무척 불쌍했는데……
그 느낌을 살려 제목을 써 봐야지.

제목 : 강아지야, 미안해.

영어 학원에 가는 길에 봄 같지 않은 쌀쌀한 바람에 잠깐 슈퍼에 들렀다. 따뜻한 핫초코를 사서 나오려고 하는데 슈퍼 아줌마께서 혀를 끌끌 차시며 말씀하셨다.

"쯧쯧, 저 강아지 아직도 저러고 있네. 아직 날씨가 추운데…… 주인이 버린 건가?"

아줌마께서는 슈퍼 건너편 횡단보도 앞을 보고 계셨다. 아줌마가 보고 계신 쪽으로 고개를 돌려보니 작은 흰색 강아지가 꼼짝 않고 누워있었다. 얼른 나가서 강아지가 있는 쪽으로 갔다. 강아지는 마치 눈사람이라도 된 것처럼 꼼짝 않고 누워있었다.

'죽은 걸까?'

나는 걱정되는 마음에 조금 더 가까이 다가가 봤다. 꼼짝 않던 강아지의 귀가 살짝 움직였다.

'휴~ 아직 죽지는 않았구나.'

배고픈지 축 처져 있는 강아지가 불쌍했지만 영어 학원 시간이 다 되어서 어쩔 수 없이 발걸음을 옮겼다. 영어 학원 수업 때도 강아지가 신경쓰여 집중할 수가 없었다.

'아직 거기에 있을까? 혹시 너무 배고파서 하늘나라로 간 건 아니겠지?'

학원 수업이 끝나고 부랴부랴 강아지가 있던 곳으로 갔지만 강아지는 그 자리에 없었다. 빨랫줄에 걸린 빨래처럼 축 처져 있던 작은 강아지는 과연 어떻게 되었을까? 학원 수업 때문에 돌봐주지 못해서 강아지에게 너무 미안했다.

"강아지야, 부디 좋은 주인 만나서 행복하게 지내렴."

일기 비법카드 [2] 만화 일기 쓰기

'오늘도 오똑맨이 나타날까?'

하루 종일 오똑맨 생각이 머리에서 떠나질 않았어.

"새롬아!"

집에 가는 길에도 오똑맨 생각에 푹 빠져 있는데 내 짝꿍 민희가 부르는 소리에 정신을 차렸지.

"응?"

"무슨 생각을 그렇게 해?"

"아 그…… 그냥. 뭐"

"뭐야. 그건 그렇고 너 아까 살짝 보니까 일기 '매우 잘함' 받았더라. 일기 쓰기 엄청 싫어하지 않았어?"

"아, 그거? 다 오똑맨 아…… 아니 뭐 어쩌다 그렇게 됐어."

"너 오늘 좀 이상한데? 그러지 말고 나도 좀 알려줘. 일기 쓰기 때문에 넘넘 스트레스 받아. 우리 엄마 알지? 완전 극성. 일기 검사까지 하고 아주 내가 숨이 턱턱 막힌다니까."

"진짜? 우리 엄마는 일기 쓰라고 잔소리하시긴 하는데 검사까지는 안 하시는데. 너 엄청 스트레스 받겠다."

"그러니까. 어떻게 하면 '매우 잘함' 받을 수 있냐고? 난 '잘함'이라도 받고 싶어."

20

"그…… 그냥 어쩌다 그런 거야. 나중에 아주 아주 나중에 알려줄게."

"치~ 치사하다."

민희한테 거짓말하는 것 같아 조금 미안하긴 했지만 오똑맨과 일기 비법카드를 모두 전수받기 전까지 아무에게도 말하지 않겠다고 약속했기 때문에 어쩔 수 없었어.

"민희야, 내가 떡꼬치 사 줄까?"

"떡꼬치? 좋아~"

미안한 마음에 내 용돈을 조금 쓰기로 했지. 민희는 언제 그랬냐는 듯 함박웃음을 지었고, 우리는 손을 잡고 분식점으로 뛰어 갔어. 그런데 맛있게 떡꼬치를 먹고 돌아오는 길에 민희가 그만 길에 버려진 떡조각을 밟고 발라당 넘어졌지 뭐야.

"아얏~ 으앙~~~"

"뭐야? 누가 떡꼬치 먹다가 떨어뜨렸나봐. 민희야, 괜찮아?"

"몰라. 이 옷 새 옷인데. 앙~"

"흘렸으면 주워야지. 누군지 정말 못 됐다. 울지 마."

민희를 달래 주고, 집으로 돌아오는데 오늘따라 길에 쓰레기가 유난히 눈에 많이 띄었어. 민희가 넘어지는 바람에 나도 조심해야겠다고 생각하고 조심하다보니 평소에 보이지 않았던 것까지 다 보이지 뭐야.

'우리 동네에 쓰레기가 왜 이렇게 많아?'

***

"새롬아 자기 전에 일기 쓰고!!!"

"네~"

어느 덧 하루가 가고 드디어 오똑맨을 만날 시간이 돌아왔어. 일기 쓰는 시간이 가장 괴로운 시간이었는데 오늘은 하루 종일 이 시간만 기다렸어.

'오늘은 오똑맨이 어떤 비법카드를 줄까? 아니 오똑맨이 다시 나타나기는 할까?'

설레는 마음으로 일기장을 펼쳤어. 그 때였어. 일기장은 다시 오똑 일어나 나에게 말을 걸었지.

"어이, 신새롬! 어제 일기는 그동안 일기보다 눈꼽만큼 괜찮더라."

"뭐? 눈꼽만큼이라고? 이거 왜 이래? 이래 뵈도 '매우 잘함' 받은 일기라고!!!"

"그동안 얼마나 형편없었으면 그 정도 변화에 매우 잘함이겠냐? 아무튼 발전하고 있으니 다행이야."

"치, 칭찬을 그렇게밖에 못하냐? 그건 그렇고 오늘의 비법카드는 뭐야? 빨리 보여줘. 하루 종일 너무 궁금했어."

"음음, 잘 들어. 오늘부터 10일 동안 매일 매일 다양한 형식의 일기를 써 볼 거야. 즉 똑같은 형식의 일기에서 벗어나는 거지."

"똑같은 형식에서 벗어나라고? 어떻게?"

"오늘 쓸 일기는 만화일기야."

"만화일기?"

"응, 너 만화 무지 좋아하잖아."

"그렇지. 보는 건 좋아하는데 내가 어떻게 만화를 그려. 난 못해."

"어허, 못하는 게 어디 있어. 그리고 만화 일기 쓰는 거 생각보다 쉬워."

"그래? 어떻게 써야하는데?"

"어떻게 쓰는지 알고 싶으면 안테나 머리띠를 써봐."

나는 오똑맨이 준 안테나 머리띠를 썼고, 내 눈 앞에 또다시 일기 비법카드가

나타났어.

– 만화 일기 쓰기 –

첫째! 하루 동안 가장 인상 깊었던 일 선정하기

하루의 일과를 전체적으로 정리하는 방법도 있고,

특별한 일 하나를 선택할 수도 있겠지?

둘째! 몇 컷의 만화로 할지 결정하기

보통 4컷이나 6컷의 만화를 많이 선택해. 일단 몇 컷으로 할지 결정

했으면 각각의 컷에 어떤 장면을 그릴지 결정해 봐.

셋째! 말풍선 넣어보기

각각의 장면을 잘 표현할 수 있는 대화와 설명을 넣어 주면 더 멋진

만화 일기가 될 거야.

오똑맨의

일기
비법카드

{2}

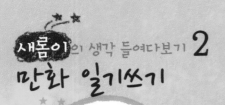

만화 일기쓰기

가장 인상 깊었던 일을
생각해 보라고?
특별한 일은 없었는데……
참, 오늘 민희가 넘어졌지?
그러고 보니 우리 동네에 쓰레기도
엄청 많았어.

민희가 넘어진 일과 쓰레기가 많아
화가 났던 일을 만화로 표현해 보자.
몇 컷이 좋을까?

4컷? 6컷?

함께 떡꼬치 먹은 것,
민희가 넘어진 것, 넘어진 민희를
달래준 것, 돌아오는 길에 쓰레기가
많다고 느낀 것, 이렇게 네 컷이면
충분하겠어.

각각의 컷에
민희와 함께 나누었던 대화를
간단하게 쓰고, 마지막 컷에 생각하는
말풍선으로 쓰레기 문제에 대한
내 생각을 간단하게 정리해야겠군.

대화 일기 쓰기

"신새롬!!! 너 이게 뭐야?"

"네? 뭐가요?"

 학원에서 돌아와 씻으러 들어가는데 갑자기 꽥 소리치는 엄마 때문에 깜짝 놀라 돌아보니 이게 웬일, 엄마가 내 가방에서 꼭꼭 숨겨 둔 시험지를 들고 서 있지 뭐야. 망……했……다…….

"54점? 너! 수학 시험이 54점이 뭐야???"

"엄청나게 어려운 시험이었어요. 다른 애들도 다 못 봤어요. 엄마. 한 번만 용서해 주세요. 네?"

"용서? 용서 같은 소리 하네! 그리고 이렇게 꼭꼭 접어서 숨겨 두면 엄마가 모를 줄 알았어? 그게 더 나빠!!!"

"엄마, 진짜 진짜 어려운 시험이었다니까요. 한 번만 용서해 주세요. 다음에는 100점, 아니 꼭 90점 넘을게요. 네?"

 아무리 사정해도 엄마의 화는 풀리지 않았고, 엄마는 헐크보다 더 무섭게 변해서 금방이라도 나를 집어삼킬 듯이 쫓아왔어. 나는 잡히지 않으려고 안간힘을 쓰며 요리조리 달아났지. 위기에 처하면 자기도 모르게 엄청난 능력이 나온다더니 틀린 말이 아니었나 봐. 나는 내가 그렇게 빠른지 미처 몰랐다니까. 미꾸라지처럼 요리조리 잘도 피하는 나 때문에 이리 뛰고, 저리 뛰던 엄마는 좀 화가 조금 풀리신 건지, 아니면 지치신 건지 아무튼 소파에 털썩 주저앉으시며 다정하게 나를 불렀어.

"새롬아, 이리 와봐. 시험이 많이 어려웠니?"

한껏 부드러워진 엄마의 목소리에 나는 드디어 살았구나 싶은 마음에 안심하고 엄마한테 아양을 떨며 다가갔어.

"넹. 엄청 어려웠떠용."

"어려운 시험 보느라 무척 힘들었겠구나."

"넹~ 다음부터는 더 잘 볼께용~"

콧소리를 내며 엄마 옆에 앉는 순간 엄마는 갑자기 내 팔을 힘껏 잡으셨어. 그리고는 다시 헐크로 변하셨지.

"이 미꾸라지 같은 녀석! 드디어 잡았다. 뭐? 시험이 어려워? 아무리 어려워도 54점이 뭐야!!! 그것도 모자라 시험지를 숨겨? 너 오늘 잘 걸렸다!!!"

"아얏~ 엄마 이러는 게 어디 있어요!!!"

다시 도망가 보려 했지만 때는 늦었어. 나는 이미 엄마의 손아귀에서 벗어나지 못하고 버둥거리고 있었지. 얼마나 혼이 났는지 기억이 나지 않아. 아마 귀에 못이 박이도록 잔소리를 들은 것 같아. 처음에는 무슨 소리인지 들렸는데 나중에는 긴 잔소리에 너무 지쳐서 엄마가 무슨 말을 했는지 기억도 안 나. 그냥 기계적으로 '네, 앞으로 안 그럴게요. 잘못했어요.'만 반복했어. 얼마나 시간이 지났을까? 엄마는 이제 됐다고 생각하셨는지

"잘 알았으면 얼른 씻고 나와. 밥 먹고 공부해!"

라며 긴 잔소리의 해방을 알리셨어.

나는 잽싸게 일어나

"네, 빨리 씻고 올게요."

라고 대답하고 도망치듯 욕실로 들어갔어. 오늘처럼 씻으

HULK MOM!

라는 말이 즐겁고 반가웠던 적은 없었어. 다 씻고 나와 밥을 먹으러 식탁에 앉았는데 내가 제일 좋아하는 갈비가 식탁에 있지 뭐야. 아까부터 맛있는 냄새가 났는데 그 정체가 바로 갈비였나 봐.

"와, 갈비다!"

내 젓가락이 갈비에게 다가가는 순간 갑자기 엄마가 갈비가 있던 접시를 획 낚아챘어. 너무 당황해서 엄마를 바라봤지.

"뭘 봐! 뭘 잘했다고 갈비를 먹어? 밥 주는 걸 고맙게 생각해!"

"허 참, 시험 한 번 못 볼 수도 있지. 당신은 먹는 걸로 그래. 치사하게."

아빠가 내 편을 들어주셨지만, 엄마는 꿈쩍도 하지 않았어. 결국, 나는 내가 제일 좋아하는 갈비를 눈앞에 두고도 먹지 못하는 신세가 됐지. 야속한 식구들은 그런 내 마음을 아는지 모르는지 계속해서 갈비에게 젓가락질했고, 갈비가 하나둘 줄 때마다 내 마음은 찢어지는 것 같았어. 그런데 밥을 한 반쯤 먹었을 때 밥 안에서 갈색빛이 나는 거야.

'뭐야, 수학 시험 못 봤다고 탄 밥 준 거야?'

라고 생각하면서 밥 한 숟가락을 푹 펐는데 글쎄 '짜잔' 하고 갈비가 나타났지 뭐야. 깜짝 놀라 엄마를 봤더니 엄마가 살짝 눈을 흘기시며

"앞으로는 더 열심히 해."

라고 말씀하셨어. 엄마가 밥 안에 숨겨둔 갈비를 찾아 먹으며 앞으로는 더 잘할 거라고 다짐했지. 힘겨운 하루를 보내고 일기를 쓰려고 일기장을 꺼냈어. 역시 오똑맨이 나타났어.

"신새롬, 오늘 조금 지쳐 보인다."

"응, 사실 오늘 조금 힘들었어. 내 말 좀 들어 볼래? 오똑맨? 오늘 학원에서 완전 어

려운 수학시험을……."

"잠깐!"

"왜? 나 답답해 죽겠어. 내 말 좀 들어줘."

"지금 하려는 그 말 일기에 쓰면 되잖아."

"뭐?"

"지금 그 말을 일기로 쓰라고! 오늘의 일기가 바로 '대화 일기'거든."

"대화 일기?"

"응, 대상을 정해 네가 하고 싶은 말을 대화하듯 일기장에 쓰는 거야. 그러니까 지금 네가 나한테 하려는 말을 일기장에 옮기면 바로 대화 일기가 되는 거지. 어때? 답답한 속이 뻥 뚫리는 일기가 되겠지?"

"오호라! 그거 재미있겠는데? 자, 그럼 안테나 머리띠 쓸 테니까 대화 일기 비법카드 부탁해!"

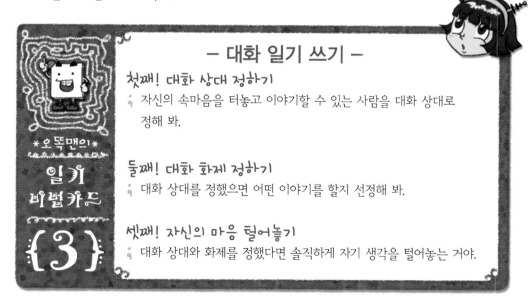

– 대화 일기 쓰기 –

첫째! 대화 상대 정하기
- 자신의 속마음을 터놓고 이야기할 수 있는 사람을 대화 상대로 정해 봐.

둘째! 대화 화제 정하기
- 대화 상대를 정했으면 어떤 이야기를 할지 선정해 봐.

셋째! 자신의 마음 털어놓기
- 대화 상대와 화제를 정했다면 솔직하게 자기 생각을 털어놓는 거야.

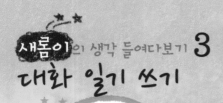
새롬이의 생각 들여다보기 **3**

대화 일기 쓰기

내 속마음을 모두 이야기할 수 있는
편한 대화상대를 생각해 보자.
아무래도 친구가 좋겠지.
그래, 내 짝이자 베스트 프렌드인
민희가 좋겠다.

민희에게 오늘 있었던 시험에 대해
이야기해야겠어. 아무리 일기장에
쓰는 대화라고 해도 시험 점수를
이야기하기 조금 창피하긴 하네. 헤헤

54

오늘 시험은 정말 어려웠어.
나도 나름대로 열심히 했는데
그런 건 하나도 몰라주고,
점수만 가지고 야단치는 엄마가
조금은 야속했어.

참, 그래도 내 밥 안에 갈비를
숨겨 두신 건 조금 감동이었는데…….
이런 저런 얘기를 하다 보면
일기가 금세 꽉 차겠는걸.

제목 : 차디찬 수학 시험과 따뜻한 갈비

민희야, 내 얘기 좀 들어줄래? 오늘 수학학원에서 시험을 봤어. 그런데 엄청 어려운 시험이었어. 선생님들도 오늘 시험은 무척 어려울 거라고 하셨지. 아니나 다를까 시험이 정말 어려웠어. 결국 난 54점을 맞았어. 54점짜리 시험지를 차마 엄마에게 보여 줄 수가 없었어. 그래서 꼭꼭 접어서 가방 안에 꽁꽁 숨겨뒀어. 물론 나도 잘못했다는 거 알아. 하지만 다음번에 더 잘 봐서 기분 좋게 보여드리려고 했어. 그런데 그만 엄마한테 들켜버렸지 뭐야. 엄마는 내 얘기는 들어보려고 하지도 않고 무조건 혼을 내셨어. 나는 정말 나중에 더 잘 봐서 솔직하게 말씀드리려고 했거든. 하지만 그런 얘기를 할 기회도 없었어. 엄마의 잔소리 융단폭격이 끝나기만을 기다리는 신세가 됐어. 문제는 여기에서 끝이 아니었다는 거야. 씻고 나와서 밥을 먹으려고 식탁에 앉았는데 내가 제일 좋아하는 갈비가 식탁 위에 있는 거야. 신나서 갈비를 집으려고 하는 순간, 엄마가 갈비 접시를 휙 빼앗지 뭐야. 민희 네가 생각해도 정말 치사하지? 수학 시험 54점 맞은 나는 갈비 먹을 자격도 없나? 아무튼 비참한 심정으로 밥을 먹는데 글쎄 밥 안에 숨어 있던 갈비가 나타나기 시작했어. 잠깐 동안 엄마를 마구 원망했는데 엄마가 밥 안에 보석처럼 숨겨 놓은 갈비를 보는 순간 꽁꽁 얼었던 마음이 따뜻하게 녹아내리지 뭐야. 물론 엄마한테 서운한 것도 있었지만 따뜻한 갈비를 보는 순간 나를 생각하는 엄마의 따뜻한 마음을 알 수 있을 것 같았어. 뭐? 먹을 거에 너무 약한 거 아니냐고? 물론 맛있는 갈비에 눈이 먼 것도 사실이지만 갈비 안에 담긴 엄마의 사랑이 느껴진 거야. 민희야, 내 마음이 풀어진 건 절대 갈비 때문이 아니야. 하하하

관찰 일기 쓰기

"오똑맨, 오늘은 어떤 일기 쓸 거야?"

"응 오늘은……. 근데 잠깐, 새롬이 너 좀 달라졌다."

"달라졌다고? 뭐가?"

"처음 나랑 만났을 때 기억 안 나? 일기 쓰기 싫어 우거지상이더니 요즘 표정이 아주 밝아졌어."

"그런가? 사실 예전에는 일기 쓰는 게 정말 따분하고 지루했는데 요즘은 은근히 기다려져."

"하하하, 너도 나의 매력에 푹 빠졌구나. 역시 이 오똑맨의 인기란. 하하하."

"무슨 소리야! 네가 기다려지는 게 아니라 일기 쓰는 게 기다려진다고! 매일 매일 새로운 형식으로 쓰니까 '오늘은 또 어떤 형식의 일기를 쓰게 될까?' 하고 기대된다고!"

"치~ 난 또 나를 기다린다는 얘긴 줄 알았네. 아무튼, 처음 봤을 때는 우거지상에 토끼 이빨에 엄청 못생겼더니 웃는 모습 보니까 좀 봐줄 만하다."

"뭐? 못생겨?"

"그럼 예쁜 줄 알았냐? 치!"

"아무튼, 까칠하기는... 예뻐졌다는 얘기를 그렇게 까칠하게 할 거 뭐 있냐? 이럴 때 보면 꼭 누구 같더라."

"누구? 아하, 네가 좋아한다던 그 애. 이름이 뭐랬더라. 민식인가 하는 애?"

"쉿! 조용히 해. 일급비밀이란 말이야. 빨리 오늘 어떤 일기 쓸 건지나 얘기해 줘."

"음!! 음!! 오늘의 일기는 바로바로 관찰 일기야!"

"관찰 일기? 에이 뭐야? 별로 새로울 것도 없네. 과학 시간에 써 봤어. 식물 자라는 거나 동물, 곤충 등 관찰하고 변화하는 거 일기로 쓰는 거잖아. 나는 키우는 식물도 없고, 동물이랑 곤충은 구경도 못 해. 어떻게 관찰 일기를 쓰냐?"

"무슨 소리! 관찰 일기라고 꼭 식물이나 동물, 곤충을 관찰해서 쓸 필요는 없어. 가족이나, 친구 아니면 선생님 등 네 주변 인물들을 관찰해서 일기로 써 보는 거야. 네 주변 인물들이니 자연스럽게 너의 하루 이야기도 함께 써 지겠지. 어때? 재미있을 것 같지 않아?"

"응응, 꼭 내가 탐정이 된 것 같은 기분이 들겠는걸? 그런데 그럼 관찰 일기는 오늘 쓰기 힘들겠어. 내일 내가 관찰할 대상을 정해서 관찰한 다음에 써야 하지 않을까?"

"올~ 신새롬!!! 일취월장하고 있구나. 오늘은 일단 비법카드만 보여줄게. 나와 있는 내용을 잘 보고, 내일 멋진 관찰 일기를 써 보자."

– 관찰 일기 쓰기 –

첫째! 관찰 대상 정하기
- 주변의 인물 중 더 알고 싶은 인물을 정해 봐. 참, 보통 관찰 일기처럼 식물이나 동물을 관찰 대상으로 정해도 상관없어.

둘째! 관찰하기
- 관찰할 대상을 정했으면 관찰 대상에 대해 평소에 알고 있었던 모습 외에 다른 모습을 찾아보려 노력해 봐.

셋째! 새롭게 알게 된 점 정리하기
- 관찰을 한 후 새롭게 알게 된 점이나 그에 대한 느낌을 정리해 봐.

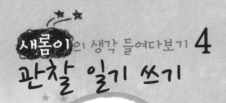

관찰 일기를 쓰기 위해
관찰 대상을 선생님으로 결정했어.

평소에 선생님은 무섭고
왠지 거리감이 느껴졌거든. 선생님에
대해 새롭게 알고 싶어
관찰 대상으로 정했지.

선생님을 관찰하니
의외로 웃음이 많고,
농담을 좋아하시는 분이라는 걸
알았어.

그동안 선생님을 너무 무섭게만
생각했나 봐. 그래서 선생님의
농담도 못 알아들었던 것 같아.
앞으로는 선생님께 좀 더 마음을
활짝 열어야겠어.

제목 : 야누스의 얼굴을 가진 선생님을 발견하다!!!

평소 우리 선생님은 매우 엄격하시고 무섭기로 소문이 나 있다. 처음 담임 선생님 발표가 있었을 때 우리 반 아이들 모두 얼음이 될 정도였으니 얼마나 무서운 선생님이신지 짐작이 갈 것이다. 무섭다는 선입견 때문인지 아이들은 선생님께 쉽게 다가가지 못한다. 하지만 오늘, 선생님에 대해 더 알고 싶은 마음에 용기를 내어 선생님을 관찰해 봤다.

 조회 시간, 선생님은 역시 근엄한 목소리로 전달사항만 간단히 말씀하시고 "책 펴라"라는 짧은 말씀으로 수업 시작을 알리셨다. 첫째 시간은 국어 시간이었다. 자신이 읽은 책의 주인공을 소개하는 시간이었는데 선생님은 아이들의 발표에 살며시 미소를 지으셨다. 물론 아주 잠깐이어서 제대로 본 사람은 선생님을 관찰하고 있었던 나밖에 없었지만 말이다. 그동안 선생님의 웃는 모습을 본 적이 없었는데 웃는 모습이 아주 해맑아 보였다. 점심시간이 끝나고 5교시, 잠이 쏟아지는 시간이었다. 선생님은 수업하기 전에 아이들에게 '점심 배부르게 먹었다고 배 부르면 안 돼!' 라고 말씀하셨다. '배 부른다고? 혹시 농담 하신건가?' 선생님은 농담으로 우리 잠을 깨워 주려고 하신 것 같았다. 하지만 안타깝게도 선생님의 농담을 알아들은 사람은 나 하나 뿐인 것 같았다. 선생님은 농담이 통하지 않자 민망하셨는지 바로 수업을 시작하셨다.

 오늘 선생님의 새로운 모습을 발견했다. 아이들의 어이없는 발표에 미소 짓는 따뜻함, 아이들을 웃겨 주려고 농담을 던질 줄 아는 순수함. 하지만 무섭다는 선입견 때문에 그동안 선생님의 진짜 모습을 보지 못한 것 같아서 왠지 죄송한 마음이 들었다. 선생님, 앞으로는 무섭다는 색안경을 벗고, 선생님의 진짜 모습을 보도록 노력할게요.

"뭐? 너도 민식이 좋아한다고?"

"쉿! 조용히 해. 누가 들으면 어쩌려고? 그런데 가만 '너도' 라니? 혹시 너도 민식이 좋아해?"

"아…… 아니! 무슨 소리야! 그렇게 까칠한 애를 내가 왜 좋아하니? 절대 그럴 리 없으니까 안심해!"

"후유~ 다행이다. 우리는 베스트 프렌드인데 같은 남자를 좋아하면 안 되지. 참, 민희한테도 비밀이야."

"민희한테는 왜? 우리는 삼총사잖아."

"그건 그런데. 민희가 알면 분명 민식이한테 말할 거야. 민식이, 민희 동생이잖아."

"뭐??? 민식이가 민희 동생이야??? 민식이 우리랑 같은 학년이잖아."

"너 민희가 민식이 쌍둥이 누나인 거 몰랐어? 아 참, 새롬이 너 작년에 전학 왔지? 모를 수도 있겠다. 학교에서는 티 안 내니까. 그래도 그렇지 너 민희랑 단짝이면서 아직 그것도 몰랐냐? 눈치 엄청 없네."

"정말이야??? 민희랑 민식이랑 쌍둥이???"

나는 정말 까무러치게 놀랐어. 내 단짝 세연이가 민식이를 좋아하는 것도 놀랄 일인데 또 다른 단짝 민희가 나의 사랑 민식이 쌍둥이 누나였다니. 정말 기가 막힐 노릇이지.

"새롬아, 야, 신새롬! 뭘 그렇게까지 놀라."

너무 놀라 입을 못 다물고 있는데 세연이가 다시 말을 걸었어.

"어? 아……. 아니 그냥 생각지도 못한 일이라서."

"아무튼 너, 내가 민식이 좋아하는 거 비밀이다. 알았지?"

"어, 알았어. 걱정하지 마. 그런데 넌 민식이 어디가 좋아? 완전 까칠하잖아."

"그게 민식이 매력이지. 상남자 스타일~ 이건 진짜 일급비밀인데 밸런타인 데이 때 민식이한테 초콜릿 주면서 고백해 볼까 해."

"뭐? 고백???"

"응, 근데 너 아까부터 왜 이렇게 놀라? 무슨 말을 못하겠네."

"아…… 아니 그냥, 그런데 우린 아직 초등학생인데 고백하고 그런 거 좀 이르지 않냐?"

"뭐 그냥 좋아한다고 말하고 좀 더 친하게 지내고 싶다고 하는 건데 뭐. 나쁠 건 없잖아."

"그…… 그렇지."

 나는 세연이의 용기가 부러웠어. 솔직히 나도 민식이한테 좋아한다고 얘기는 못 해도 말도 걸어 보고 싶고, 친하게 지내고 싶었거든. 그래도 지금까지는 같은 반이었는데 이제 반도 달라져서 얼굴도 제대로 못 보게 될 거야. 그래서 남은 기간에 어떻게든 친하게 지내고 싶은 마음이 더욱더 굴뚝같았는데 용기가 나지 않았지. 그런데 세연이는 당당하게 고백까지 한다잖아. 평소에는 무모하게 보였던 세연이의 성격이 오늘따라 무척 부러웠어.

***

"뭐? 네 단짝 친구도 네가 좋아한다던 그 민식이란 애를 좋아한다고? 그리고 민식이란 애는 또 다른 단짝 친구의 쌍둥이 동생? 완전 특종이네 특종! 드라마가 따로 없구먼!!!"

"좀, 조용히 해 오똑맨. 나는 심각한데 넌 뭐가 그렇게 신이 나?"

"정말 재미있잖아. 신새롬, 너 완전 드라마 속 주인공이다. 그렇지?"

"주인공은 무슨……."

"에이, 또 뭘 그렇게 풀이 죽어서 그래? 아하! 오늘 일기는 이걸로 하자!"

"뭐? 무슨 소리야?"

"완전 특종이잖아. '특종' 하면 생각나는 거 있지 않아?"

"'특종?' 글쎄?"

"이구, 넌 애가 왜 그렇게 눈치가 없냐? 그러니까 세연이가 민식이 좋아하는 것도 민식이가 민희 동생인 것도 눈치 못 챘지."

"치, 안 그래도 세연이한테 눈치 없다는 소리 들었는데 너까지 이럴 거야?"

"알았어, 알았어. 뭘 또 눈을 흘기고 그래. '특종' 하면 '뉴스'잖아. 뉴스. 오늘은 뉴스 일기를 쓰는 거야."

"뉴스 일기? 이 얘기로? 됐어. 이게 무슨 뉴스거리가 된다고. 다른 사람이 들으면 웃는다. 웃어."

"어차피 일기는 너의 이야기를 쓰는 거잖아. 다른 사람이 어떻게 생각하는지가 뭐가 중요해? 너에게는 오늘 일이 정말 깜짝 놀랄 뉴스였잖아."

"그건 그렇지."

"그러니까 오늘 있었던 일을 기자가 되어 뉴스로 써 보는 거야."

어때? 재미있겠지?"

"그래? 그럼 어디 한번 해 볼까?"

나는 내 마음을 뉴스로 표현한다는 게 조금 창피한 생각이 들었지만 오똑맨의 말에
용기를 얻어서 안테나 머리띠를 썼어.

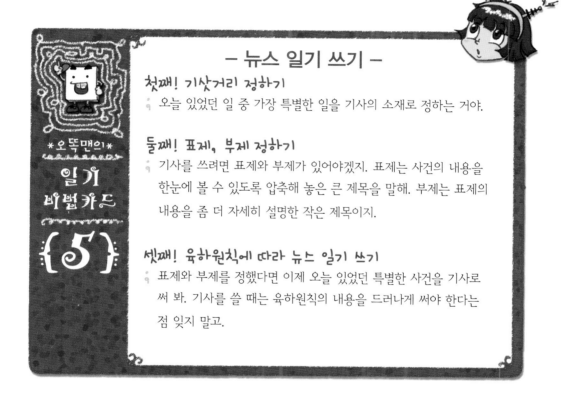

– 뉴스 일기 쓰기 –

오똑맨의
일기
비법 카드
{5}

첫째! 기삿거리 정하기

오늘 있었던 일 중 가장 특별한 일을 기사의 소재로 정하는 거야.

둘째! 표제, 부제 정하기

기사를 쓰려면 표제와 부제가 있어야겠지. 표제는 사건의 내용을
한눈에 볼 수 있도록 압축해 놓은 큰 제목을 말해. 부제는 표제의
내용을 좀 더 자세히 설명한 작은 제목이지.

셋째! 육하원칙에 따라 뉴스 일기 쓰기

표제와 부제를 정했다면 이제 오늘 있었던 특별한 사건을 기사로
써 봐. 기사를 쓸 때는 육하원칙의 내용을 드러나게 써야 한다는
점 잊지 말고.

뉴스 일기 쓰기

오늘의 특종 사건은 뭐니뭐니해도 세연이가 내가 좋아하는 민식이를 좋아하고 있다는 사실이지.

또 하나의 특종! 민식이가 내 단짝 친구 민희의 쌍둥이 동생이었다니 정말 놀라운 사건 아니겠어. 신새롬 일보에서 다룰 만한 일이지.

제목을 어떻게 정할까? 세연이가 민식이를 좋아하는 걸 중심으로 삼을까 아니면 민희가 민식이 쌍둥이 동생인 걸 중심으로 삼을까?

우선 가장 놀랐던 사건이 민희와 민식이가 쌍둥이였다는 사실이니까 이 일을 중심소재로 삼고, 표제를 정해야겠다.

새롬 일보

발행일 : 0000년 00월 00일

발행인 : 신새롬

특종! 새롬 양의 단짝 김민희 양의 쌍둥이 동생은?

신새롬 양의 단짝 김민희 양의 쌍둥이 동생이 김민식 군으로 밝혀져...

　서율 초등학교에 다니는 신새롬 양에게는 두 명의 단짝 친구가 있습니다. 김민희 양과 박세연 양이 바로 신새롬 양의 둘도 없는 단짝 친구입니다. 또한, 신새롬 양의 학교에는 두 명의 단짝 친구 외에 새롬 양에게 소중한 사람이 한 사람 더 있는데 그 주인공은 바로 짝사랑 상대 김민식 군입니다. 작년에 서율 초등학교로 전학 온 새롬 양은 같은 반 친구인 김민식 군이 반 대항 축구를 할 때 역전 골을 넣는 모습을 보고 가슴 설레기 시작했고, 그 뒤로 쭉 짝사랑하기 시작한 것입니다. 그런데 오늘 새롬 양의 단짝 친구인 김민희 양의 쌍둥이 동생이 바로 김민식 군이라는 사실을 알고 충격에 휩싸였습니다. 새롬 양은 이 사실을 진작 알았으면 김민식 군과 좀 더 친해질 수 있었을 것으로 생각하며 아쉬워했다고 합니다.

　한편, 새롬 양을 충격에 빠지게 한 또 하나의 특종이 있는데 바로 새롬 양의 또 다른 단짝 친구 박세연 양이 김민식 군을 좋아하고 있다는 사실입니다. 게다가 박세연 양은 다가오는 밸런타인 데이에 김민식 군에게 초콜릿을 줄 것이라 선포해 새롬 양을 당황하게 했습니다.

　현재 새롬 양은 친구의 용기를 응원해 줄 수도 막을 수도 없는 애매한 처지에 놓였다고 합니다. 앞으로 이들의 관계가 어떻게 될지 *귀추가 주목됩니다.

* 귀추 : 일이 진행되는 형편

편지 일기 쓰기

"딸꾹~ 새오야, 새롬아, 딸꾹, 우리 귀여운 왕자님 공주님~ 아빠 왔다."

"야, 신새롬! 자는 척해. 아빠 완전히 취하셨어."

"응, 오빠. 알았어."

나는 잽싸게 이불 속으로 들어갔어. 아빠는 술에 취하시면 항상 '왕자님, 공주님 ~'이라면서 우리를 찾거든. 물론 아빠를 정말 사랑하지만, 술에 취하시면 했던 말 또 하고, 또 하고, 또 하고 하는 아빠의 습관 때문에 이런 날은 무조건 피하고 싶어. 그런데 오늘은 왠지 아빠의 이야기를 들어드리고 싶기도 했어. 사실 오늘 아침 아빠가 출근하실 때 한숨을 푹 쉬시며 '아이고, 피곤해. 오늘은 정말 회사에 가기 싫다. 하루 푹 쉬었으면 좋겠어.'라고 말씀하시는 걸 들었거든. 엄마는 가기 싫다고 안 가면 우리 아들, 딸들 어떻게 먹여 살리느냐며 빨리 가라고 하셨지만 축 처진 아빠의 어깨가 너무 쓸쓸해 보였어. 내가 학교 가기 싫은 날이 있는 것처럼 아빠도 그런 날이 있을 거라는 생각은 해보지 못했거든. 아빠는 당연히 회사에 가는 걸 좋아하시는 줄 알았어. 그런 아빠를 보고 나니 왠지 아빠의 얘기를 들어 드려야 할 것 같았지. 하지만 일단 본능적으로 이불 속으로 쏙 들어갔어. 방 밖에서 아빠가 오빠를 부르는 소리가 들렸어.

"새오야, 신새오~ 우리 왕자님 자나? 우리 왕자님이 언제 이렇게 컸어. 새오야. 아빠 왔다. 새오야."

"자는 애는 왜 깨워! 취했으면 빨리 씻고 자."

소리를 들으니 오빠는 아무래도 깊은 잠에 빠진 척하고 있는 게 분명했어. 이제 내 방으로 오실 차례야.

"새롬아, 우리 예쁜 공주님! 벌써 자는 거야. 아빠 왔어. 우리 딸 일어나봐."

다른 때 같으면 꼼짝 안 하고 자는 척했겠지만, 오늘은 왠지 슬프게 들리는 아빠의 목소리를 외면할 수가 없었어.

"아아함~ 어? 아빠 언제 오셨어요?"

나는 자다가 지금 막 일어난 듯한 목소리로 말했지. 내 연기력은 최고였어. 엄마는 왜 일어나느냐는 듯한 눈빛을 보냈지만 이미 엎질러진 물이었어.

"어이구 우리 딸. 일어났어? 아빠 왔다고 일어난 거야? 아이고 기특해라. 우리 공주님."

"네. 아빠 술 많이 드셨어요?"

"아니, 쬐~금 요만큼 마셨어. 우리 새롬이 공부 열심히 하고 있어?"

"네."

"새롬아, 너무 공부만 하지 말고 우리 새롬이가 하고 싶은 거 마음껏 하면서 놀기도 하고 그래. 알았지?"

"네 그럴게요."

"아이고, 너무 놀기만 해서 탈인 애한테 지금 무슨 소리야."

엄마가 어이없다는 듯 이야기했어. 하지만 아빠는 아랑곳하지 않고 재방송을 시작하셨지.

"우리 새롬이 공부 열심히 하고 있어?"

"네."

"새롬아, 너무 공부만 하지 말고 우리

새롬이가 하고 싶은 거 마음껏 하면서 놀기도 하고 그래. 알았지?"

"네 그럴게요."

이제 시작됐어. 으~ 역시 그냥 자는 척을 해야 했나 봐.

"우리 새롬이 공부 열심히 하고 있어?"

"네."

"새롬아, 너무 공부만 하지 말고 우리 새롬이가 하고 싶은 거 마음껏 하면서 놀기도 하고 그래. 알았지?"

"네 그럴게요."

그 후로도 아빠의 똑같은 말은 돌림노래처럼 계속되었어. 같은 말을 한 스무 번쯤 들었나? 이 일을 해결해 줄 사람은 엄마뿐이었어.

"엄마~"

나는 참다 참다 엄마를 불렀어. 그런 와중에도 아빠는 계속 같은 말을 하셨지.

"어이구~ 그러니까 그냥 자는 척하지 뭐하러 일어나!!! 여보, 인제 그만 씻자. 피곤하잖아."

엄마는 핀잔을 주고는 아빠를 끌고 나가셨어.

"휴~ 살았다."

"웩 웩~~~"

"어? 오똑맨, 언제 왔어?"

"너희 아빠가 똑같은 말 세 번째 할 때부터 와 있었어. 그나저나 새롬아 너 대단하다. 어떻게 그 똑같은 말을 스무 번이나 듣냐? 나는 속이 다 울렁거리더라. 웩웩"

"나도 힘들었어. 보통 때는 그냥 자는 척하는데 오늘은 그럴 수가 없어서 일어난 거야."

"그럴 수가 없었다니?"

나는 오똑맨에게 오늘 아침에 봤던 아빠의 모습에 관해 이야기해 줬어.

"그런 일이 있었구나. 새롬이 너희 아빠가 많이 힘드셨나 보다. 아 그래!!! 그럼 오늘 일기는 편지 형식 일기를 써 보자."

"편지 형식?"

"응, 오늘 아빠에 대해 느낀 점을 바탕으로 하고 싶은 말을 편지 형식으로 써 보는 거야. 나중에 아빠에게 전해 줘도 되고. 어때?"

"그거 괜찮은 생각인데. 오늘 정말 아빠에게 하고 싶은 말이 많았거든.
하고 싶은 말 빨리 일기 써야겠어."

– 편지 일기 쓰기 –

첫째! 대상 정하기

하루 동안 만났던 사람과 있었던 일을 되돌아보며 편지를 쓰고 싶은 대상을 정해봐.

둘째! 편지 형식 알기

편지는 처음, 중간, 끝(서두, 본문, 결미)으로 나뉘지. 처음(서두)에는 첫 인사, 자기소개, 편지를 쓴 목적을 써. 중간(본문)에는 본격적으로 하고 싶은 말을 자세하게 쓰는 거야. 끝(결미) 부분에는 끝인사와 쓴 사람, 쓴 날짜를 쓰면 되지.

셋째! 대상에 맞게 편지 일기 쓰기

편지는 독자가 분명히 정해져 있는 글이지? 그러니까 편지를 받는 대상에 맞는 표현이 필요해. 예를 들어 나보다 윗사람이라면 존댓말로 예의를 갖추어야겠지?

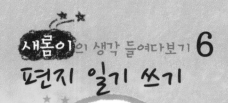

새롬이의 생각 들여다보기 **6**

편지 일기 쓰기

오늘은 아빠에게 하고 싶은 말이 정말 많은 날이었어. 두 번 생각할 것도 없이 받는 사람은 아빠로 정했어.

편지 쓰는 형식을 확인해 보자. 처음, 중간, 끝으로 나누어 각 부분에 들어갈 말을 간단하게 정리해 봐야겠어.

처음에는 간단한 인사와 편지를 쓰게 된 동기를 쓰고, 중간 부분에는 하고 싶은 말을 써야지. 아빠가 힘이 날 수 있는 위로와 격려의 말을 써야겠어.

끝 부분에는 끝인사를 하며 술은 조금 줄여달라고 부탁해야겠어. 건강을 위해서! 아빠는 나보다 윗사람이니 존댓말을 쓰고, 예의를 갖추어 편지 일기를 써야지.

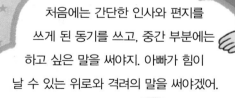

아빠, 안녕하세요. 저 새롬이에요. 매일 매일 보는데 이렇게 인사하려니 새삼스럽네요. 갑자기 이렇게 편지를 써서 놀라셨죠? 오늘 아침 아빠의 축 처진 어깨를 보니 아빠에게 편지를 써야겠다는 마음이 들었어요.

  아빠, 요즘 많이 힘드시죠? 아침에 아빠가 '오늘은 정말 회사에 가기 싫다' 며 한숨을 푹 쉬시는데 마음이 너무 아팠어요. 아빠가 회사에 가시는 일은 숨을 쉬는 것처럼 당연한 일이라고 생각했는데, 아빠도 제가 학교에 가기 싫은 것처럼 그런 날이 있다는 것이 이상하게 느껴지면서도 그동안 아빠께 너무 무관심했다는 생각이 들었어요. 아빠, 이번 주 주말에 아빠 딸 새롬이가 아빠의 축 처진 어깨가 활짝 펴 질 수 있도록 안마해 드릴 게요. 그러니까 힘드셔도 조금만 참고 힘을 내세요. 저도 아빠 말처럼 공부도 열심히 하고 학교나 학원에 가기 싫은 날이 있어도 힘들게 일하시는 아빠를 생각하며 즐겁게 갈 수 있도록 노력할게요. 참, 그동안 아빠가 술에 취해 들어오셔서 저와 오빠를 찾아 똑같은 말을 계속하시는 게 너무 귀찮았어요. 그런데 오늘은 문득 이런 생각이 들었어요. 늦은 밤에 술에 취해 들어오셔서도 오빠와 저를 찾으시며 어떻게든 대화를 하려고 하시는 아빠. 평소에도 우리와 대화를 원하셨구나. 하는 생각이 들었죠. 아빠, 앞으로 함께 대화하는 시간도 많이 가질 게요.

  갑자기 추워진 날씨에 감기 조심하시고, 항상 걱정하고 있는 가족이 있다는 사실을 기억해 주세요. 참, 그리고 술은 조금만 드시는 거예요. 아빠의 건강을 위해서 새롬이가 부탁드려요. 그럼 이만 줄일게요.

ㅇㅇㅇㅇ년 ㅇㅇ월 ㅇㅇ일   아빠를 사랑하는 딸 새롬이 올림.

"새롬아, 신새롬~"

"어, 민희야. 우리 집에 웬일이야?"

"완전 좋은 소식이 있어서. 전화로 전하기 아까워서 막 뛰어왔어. 헉헉."

민희는 얼마나 열심히 뛰었는지 숨을 헐떡이고 있었지만, 표정이 밝은 걸 보니 분명 좋은 일이 있는 것 같았어.

"무슨 일이야?"

"오늘 우리 엄마랑 너희 엄마랑 만난 거 알지?"

"응, 뭐 의논하실 게 있다고 하셨는데?"

"바로 그 거야. 그 의논! 그게 바로 우리 가족이랑 너희 가족이랑 여행 가는 일에 관한 거래."

"뭐? 진짜야? 그래서 어떻게 되었대? 우리 여행 간대?"

"응, 그것도 내일!!! 같이 경주로 여행가기로 했어."

"진짜야? 확실해?"

"확실해. 너희 엄마 지금 우리 집에 계시거든. 우리 엄마랑 얘기하는 거 들었어. 우리 역사 공부하는 데도 도움될 거라며 내일 같이 가자고 하셨어. 이미 가기로 얘기 다 된 거였나 봐. 그 얘기 듣자마자 이렇게 뛰어 온 거야."

"와~~~ 정말? 정말? 완전 재미있겠다."

"그치? 우리 신 나게 놀다 오자."

"당연하지."

민희랑 신이 나서 팔짝팔짝 뛰고 있는데 그때 엄마가 들어오셨어.

"아이고, 뭐가 그렇게 신이 났어. 김민희 양, 벌써 소식 전한 거야? 빠른데?"

"헤헤 네, 아줌마, 도저히 참을 수가 없어서 막 뛰어왔어요."

"엄마, 정말이에요? 왜 말 안 해 주셨어요???"

"너희 이럴까 봐. 여행 가기도 전에 들떠서 놀 생각부터 할까 봐."

"헤헤 그건 그렇지만……."

민희는 신나게 놀자며 팔짝팔짝 뛰었던 게 민망했는지 머리를 긁적이며 말했어.

"김민희 양, 신새롬 양, 이번 여행은 놀러 가는 게 아니라는 거 명심해! 경주에 가는 목적은 앞으로 배울 역사 공부에 도움이 될까 해서야. 그러니까 많이 보고, 배우고 오라고! 가기도 전에 놀 생각만 하지 말고!!!"

"네!"

민희와 나는 서로를 바라보며 기분 좋게 큰 소리로 대답했어. 엄마한테 '네' 라고 대답했지만 민희와 나는 눈빛으로 '우리 신나게 놀다오자' 라는 말을 주고 받았거든. 민희는 기분 좋은 소식을 전해주고 집으로 갔어. 민희가 가고 나는 경주 여행을 가기 위해 짐을 싸기 시작했지. 이번 경주 여행이 더 설레는 건 내 단짝 민희와 함께, 그리고 민희의 쌍둥이 동생 민식이도 함께 가기 때문일 거야. 오늘 밤에 잠이 올지 모르겠어. 눈을 감았다 뜨면 바로 아침이면 좋겠어.

**

며칠 후,

"오똑맨, 오똑맨~"

"치, 며칠째 쳐다보지도 않더니 어쩐 일이야?"

"뭐야, 오똑맨 삐친 거야? 미안해. 일이 좀 있었어."

"무슨 일인데 일기도 안 써?"

"사실 주말에 우리 가족이랑 민희네 가족이 경주에 다녀왔거든. 여행 갈 때 일기장 챙긴다는 게 깜박했어. 민희네랑 함께 가는 여행이 처음이라 완전 흥분 상태였거든."

"뭐야! 나도 경주 가보고 싶었는데!!! 나도 데려갔어야지!!!"

"미안, 미안 대신 생생한 일기로 경주의 모습을 전해줄게. 그런데 오똑맨 일단 평소와 다른 일을 많이 겪어서 일기에 쓸 내용이 많긴 한데 내용이 너무 많다 보니 오히려 어떻게 일기를 써야 할지 감이 안 와."

"뭐가 감이 안 와. 방금 새롬이 네가 어떻게 써야 할지 이야기 했잖아."

"응, 나한테 생생한 경주의 모습을 전해준다며? 생생한 거 하면 사진이지 사진! 너 사진은 많이 찍었지?"

"당연하지. 내가 좋아하는 민식이도 같이 가서 얼마나 열심히 찍었다고!"

"참나, 너 경주 모습은 하나도 안 찍고 민식이 사진만 찍은 거 아냐?"

"아…… 아니야. 사실 민식이랑은

많이 못 찍었어. 부끄러워서 같이 사진 찍자는 말을 못 하겠더라고. 대신 경주의 많은 유물, 유적 사진은 잔뜩 찍어왔어."

"좋아, 그럼 경주의 생생한 모습을 전해줄 사진 일기 쓰기, 시작해 볼까?"

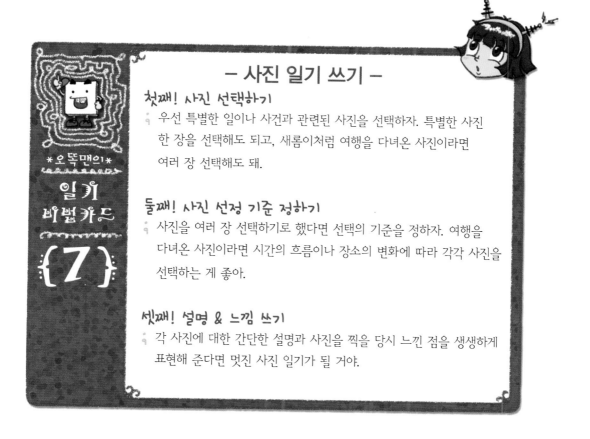

− 사진 일기 쓰기 −

첫째! 사진 선택하기
우선 특별한 일이나 사건과 관련된 사진을 선택하자. 특별한 사진 한 장을 선택해도 되고, 새롬이처럼 여행을 다녀온 사진이라면 여러 장 선택해도 돼.

둘째! 사진 선정 기준 정하기
사진을 여러 장 선택하기로 했다면 선택의 기준을 정하자. 여행을 다녀온 사진이라면 시간의 흐름이나 장소의 변화에 따라 각각 사진을 선택하는 게 좋아.

셋째! 설명 & 느낌 쓰기
각 사진에 대한 간단한 설명과 사진을 찍을 당시 느낀 점을 생생하게 표현해 준다면 멋진 사진 일기가 될 거야.

오뚝맨의
일기
비법카드
{7}

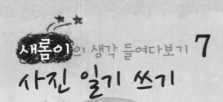

새롬이의 생각 들여다보기 7
사진 일기 쓰기

2박 3일 동안 찍은 사진 중
한 장만 선택한다는 건
너무 어려운걸.

한 장만 선택할 것이 아니라
경주에서 갔던 곳을 중심으로 각 장소를
대표하는 사진을 선택해야겠어.

사진을 붙이고, 그 장소에서
아빠, 엄마, 그리고 민희네 아줌마,
아저씨에게 들은 설명과 안내판을 보고
알게 된 내용을 간략하게 써 줘야지.

참, 이번 여행에서는 재미도 있었지만
수많은 유물, 유적 속에 녹아 있는
우리 조상들의 솜씨를 보고 많이
감탄했어. 그 느낌을 생생하게
전달해 주어야겠다.

제목 : 향기로운 신라 천년의 역사 속으로 함께 떠나볼래?

첫째 날 : 토함산 불국사에서 본 '석가탑(불국사 3층 석탑)'

경주 여행 첫째 날 나에게 감동을 준 것은 부처님의 나라, 바로 '불국사' 이다. 특히 불국사의 대웅전 뜰에 있는 석가탑이 기억에 남았다. 석가탑에는 아사달과 아사녀의 슬픈 사랑 이야기가 전해진다. 불국사를 만들던 김대성은 백제 출신의 뛰어난 석공 아사달을 불러 석가탑을 만들게 했다. 그런데 아사달이 몇 해가 지나도 오지 않자 그의 아내 아사녀는 남편을 찾아 직접 경주로 갔다. 하지만 탑이 완성되기 전까지 여자가 들어가서는 안 된다며 탑 공사가 끝나면 연못에 그림자가 비칠 테니 그때까지 기다리라고 했다. 아사녀는 석가탑의 그림자가 비치기를 기다리다가 한 달이 지나도 그림자가 나타나지 않자 그만 연못에 뛰어들었다. 아사달이 석가탑을 완성하고 연못으로 달려갔지만 이미 아사녀는 연못에 빠지고 난 뒤였다. 이렇게 끝내 그림자가 비치지 않았다고 해 석가탑을 무영탑이라고도 한다. 그 이야기를 듣고 보니 석가탑을 비롯한 다른 탑들이 모두 달라 보였다. 탑을 하나 만들기 위해서는 수많은 노력과 희생이 따른다는 것을 알고 보니 탑 하나하나가 너무나 아름답고 숭고해 보였다.

둘째 날 : 인왕동에서 본 첨성대

경주 여행 둘째 날 본 것은 바로 동양에서 가장 오래된 천문대인 첨성대이다. 첨성대를 만든 돌의 숫자는 일 년의 날 수인 365개 안팎이고, 몸통은 27단이다. 이것은 첨성대를 만든 선덕여왕이 27대 왕이라는 것과 관계가 있다고 한다. 또한, 꼭대기에 있는 '우물 정' 자 모양의 돌을 합치면 28단인데 이것은 별자리 28수와 관련이 있다. 그리고 탑을 바치고 있는 2층의 기단부를 합하면 29단과 30단이 있는데 이것은 음력 한 달의 날 수를 뜻하는 거라고 하니 그 지혜가 정말 놀라웠다. 여기에서 끝이 아니라 가운데 창문을 기준으로 위쪽이 12단, 아래쪽이 12단인데 이것은 1년 12달을 뜻하고, 이 둘을 합친 24는 24절기를 뜻한다고 한다.

처음 첨성대를 봤을 때는 천문대라고 하기에 작은 규모에 실망했다. '과연 별을 관찰할 수 있을까?' 하는 의심이 들었다. 하지만 첨성대에 숨어 있는 과학적 비밀을 알고 나니 우리 조상들의 지혜가 정말 놀라웠다. 첨성대를 만든 이유는 날씨를 관찰해 백성들의 농사에 도움을 주려는 것이라고 한다. 백성을 생각하는 선덕여왕의 마음에 추운 날씨지만 따뜻해지는 것 같았다.

마지막 날 : 국립 경주 박물관에서 본 성덕대왕 신종

마지막 날 우리에게 아름다운 자태로 작별인사를 해 준 것은 바로 '성덕 대왕 신종'이다. '성덕 대왕 신종'은 경덕왕이 아버지인 성덕왕을 기리기 위해 만들려고 했으나 그 뜻을 이루지 못하고 경덕왕의 아들인 혜공왕이 완성한 종이라고 한다. 이 종은 우리나라에 남아 있는 가장 큰 종으로, 균형미와 안정감, 아름다움으로 다른 종들의 기본이 되었다고 한다. 그런데 그동안 나는 성덕 대왕 신종이라는 이름 대신 에밀레종으로 알고 있었다. 내가 알고 있는 에밀레종이라는 이름은 일제 강점기 때 생긴 것이라고 한다. 이 종을 만들기 위해 스님들은 전국 방방곡곡에서 쇠를 보았는데 너무 가난한 한 여인은 쇠가 없다며 아이를 바쳐 끓는 쇳물 속에 넣었다고 한다. 이 아이를 바치자 비로소 아름다운 종소리가 완성되었고, 그 종소리가 꼭 엄마를 찾는 아이의 울음소리 같아서 '에밀레종'이라고 불렀다는 이야기이다. 하지만 이 이야기는 신라 시대 불국사나 석굴암처럼 수십 년이 걸린 큰 사업 때문에 아이들을 제대로 돌보지 못한 백성들이 종소리를 들으며 아이의 울음소리를 생각해서 만든 전설일 뿐 사실이 아니라고 한다. 성덕 대왕 신종과 관련된 이야기를 들으니 현재 우리에게는 너무나 아름다운 문화유산이지만 당시 신라 사람들에게는 슬픔과 아픔의 문화유산이었을지도 모른다는 생각이 들었다. 많은 사람들의 희생과 눈물이 담긴 우리의 소중한 문화유산을 잘 간직해야겠다.

일기 비법카드 [8]

입장권 일기 쓰기 (기차표, 영화표, 연극표 등)

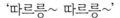

'따르릉~ 따르릉~'

"여보세요. 누구세요?"

"나여 나, 유리!!! 신새롬 니 벌써 내 목소리도 잊은겨?"

"어? 유리야!!! 잘 지냈어?"

'나야 뭐 잘 지내지. 내 단짝 새롬이가 없어서 조금 외롭긴 하지면 잘 지내고 있어. 니는 워뗘? 전학 간 학교는 괜찮은겨? 시골에서 왔다고 막 놀리거나 그러지는 않고?'

"응, 나도 잘 지내. 처음에는 낯설고 힘들었는데 이제는 친구도 생기고 잘 지내고 있어. 안 그래도 처음에는 시골에서 왔다고 조금 무시하는 것 같았어. 그때마다 얼마네 네가 보고 싶었는데."

'에이, 내가 있었으면 우리 새롬이 무시하는 애들 혼내줬을 틴디……'

"하하, 말만 들어도 힘이 난다. 참, 유리야! 이제 너도 휴대전화 산 거야?"

'응, 니랑 연락하고 싶어서 엄니한테 막 졸라서 간신히 얻은겨.'

"정말? 잘 됐다. 앞으로 자주 연락하자. 문자도 자주 하고!!!"

'그래, 알겠구먼. 참, 니 언제 놀러올겨?'

"방학하자마자 달려갈게. 서울은 좋긴 좋은데 공기가 너무 안 좋아. 우리 마을 뒷산이 정말 그리워."

'뒷산은 이 언니가 잘 지키고 있을 테니께 걱정 붙들어 매. 고건 고렇고, 방학까지 지둘릴 게 뭐 있담? 주말에라도 좋으니께 한 번 놀러와. 여기 친구들 다 보고 싶어 하는구먼.'

"정말? 그럼 엄마한테 한 번 물어볼게. 꼭 허락해 주셨으면 좋겠다."

'허락해 주시겠지. 아줌니가 내를 얼매나 이뻐하셨는디.'

"그래, 내가 엄마한테 물어보고 다시 연락할게."

정말 반가운 전화가 왔어. 지금 다니고 있는 서울 초등학교로 전학 오기 전에 아빠 직장 때문에 충청도에 있는 시골 마을에서 살았거든. 그때 제일 친하게 지내던 친구한테 전화가 왔지 뭐야. 안 그래도 정말 보고 싶었는데 전화를 하고 나니까 그리운 마음에 왠지 눈물이 날 것 같았어. 나는 당장 엄마한테 가서 조심스럽게 이번 주말에 유리네 집에 다녀오고 싶다는 이야기를 꺼냈어.

"뭐? 네가 거기까지 어떻게 가? 엄마는 시간 없어서 못 가는데 너 혼자 갈 거야?"

"혼자 갈 수 있어요. 서울역에서 기차만 태워주면 혼자 갈게요. 제천역에 도착해서 유리네 집 찾아가는 거는 식은 죽 먹기라고요."

"안 돼! 얼마나 위험한 세상인데 겁도 없이!!! 나중에 엄마랑 "나중에 언제? 엄마는 만날 바쁘잖아요."

"안 된다면 안 되는 줄 알아. 빨리 가서 일기나 쓰고 자."

안 될 거라 예상은 했지만 그래도 살짝 기대했었는데 엄

마의 완강한 태도에 무척 실망했어. 그런데 그때 전화벨이 울렸어.

"여보세요. 아, 네 유리 어머니 안녕하세요."

유리네 아줌마가 전화를 한 거야. 나는 다시 실낱같은 기대를 품고 전화 내용에 귀를 기울였어. 아무리 귀를 쫑긋 세워도 유리네 아줌마의 목소리는 들리지 않았어. 다만 '아, 네. 아이고 죄송스러워서 어쩌죠? 네, 안 그래도 새롬이도 지금 보내달라고 난리네요.' 라고 말하는 엄마의 말에 내 희망이 점점 커졌지. 드디어 엄마가 전화를 끊으셨어. 나는 한껏 희망에 부푼 눈으로 엄마를 바라봤지.

"신새롬! 너 정말 혼자 갈 수 있어?

"네, 네 그럼요."

"아무래도 걱정되는데……. 서울역에서 기차 타고 제천역에 도착하면 유리 어머니께서 나와 계시기로 했어."

"진짜요? 엄마, 그럼 나 보내주는 거예요? 야호!!!"

"그래, 혼자 가 봐. 뭐 좋은 경험이 될 수도 있으니까. 대신 갔다 와서 엄마 말 더 잘 듣는 거다!"

"네, 네 그럼요!!!"

"기차표는 엄마가 예매해 놓을 테니까 짐은 너 혼자 싸!"

"네, 네 그럼요!!! 걱정하지 마세요."

나는 신이 나서 방으로 들어왔어.

"무슨 신 나는 일이라도 있어?"

"아, 오똑맨! 당연히 신나는 일이 있지."

"아 참, 아까 전화는 누구 전화였어? 꽤 반가워하던데."

"아, 내 시골 친구."

"시골 친구?"

"응, 아빠 직장 때문에 7살 때부터 작년에 전학 오기 전까지는 시골에서 살았거든. 그때 나랑 제일 친했던 친구 전화야."

"그럼 여기로 전학 오면서 헤어진 거야?"

"응, 오랜만에 목소리 들으니까 정말 보고 싶어. 사실 서울 생활에 적응하느라 그동안 잊고 지냈거든. 여기에서 또 다른 단짝 친구도 생기고 그러다 보니 한동안 잊고 있었는데 이렇게 잊지 않고 먼저 전화해 주니까 정말 고맙고, 또 한 편으로는 미안하고, 보고 싶기도 하고 아무튼 마음이 복잡해."

"그 마음 나도 알 것 같아. 나도 노트 세계에서 친하게 지내던 알림장이랑 헤어지면서 마음이 찢어지는 것 같았거든. 훌쩍."

"뭐? 하하하. 네 친구는 알림장이야?"

"그래? 뭐가 웃겨. 알림장, 영어 노트, 받아쓰기 노트, 연습장 다 내 친구들이야."

"으하하 진짜 웃긴다. 공책들끼리 다 친구래. 하하하"

"야, 신새롬 너 공책들 무시하냐? 공책이 없으면 너 공부할 때 중요한 내용 어디에 쓸 건데? 응?"

내가 너무 웃었나? 오똑맨이 토라져 버렸지 뭐야.

"오똑맨, 무시한 게 아니라 그냥 낯설어서. 친구들이 알림장에 연습장이라니까 너무 신기해서 그런 거야. 공책이 얼마나 고마

운지 내가 다 알지."

"너! 그러는 거 아니야! 아까 친구랑 통화할 때 서울에 처음 왔을 때 너도 낯설어서 힘들었다고 했잖아. 너와 다르다고 막 무시하고 웃고 그러면 안 되는 거야. 나는 내 알림장 친구가 그리워서 눈물까지 찔끔 났는데 그렇게 비웃으면 어떻게 해."

오똑맨의 얘기를 들으니 오똑맨에게 정말 미안했어. 서울에 처음 왔을 때 시골 친구들에게 배운 사투리가 나도 모르게 튀어나올 때가 있었어. 그럴 때 친구들이 신기하다며 막 웃어서 무척 기분 나빴거든. 그런 의도는 아니었는데 왠지 오똑맨을 비웃은 것 같아서 미안했어.

"오똑맨, 진짜 미안해. 무시하거나 비웃은 거 절대 아니니까 화 풀어줘. 응?"

"치, 좋아! 그렇게 진심으로 사과하니까 이 오똑맨이 쿨하게 넘어가 줄게."

"참, 오똑맨 나 내일모레 시골 간다."

"시골? 아, 그 유리라는 친구 보러?"

"응, 정말 신 나. 나 혼자 기차 타고 가는 거야. 멋지지?"

"진짜? 무섭지 않겠어?"

"서울역까지는 엄마가 데려다 주실 거고, 제천역에 도착하면 유리네 아줌마가 마중 나와 있기로 했어. 쪼금 겁나긴 하지만 재미있을 것 같아. 나 혼자 여행하는 거 처음이거든."

"아, 좋아! 그럼 기차표 꼭 챙겨 알았지?"

"기차표는 왜?"

"그렇게 신 나고 특별한 경험인데 일기로 남겨야지. 안 그래? 이번에는 기차표나 입장권을 활용한 일기를 써 보자고!"

– 입장권 일기 쓰기 –
(기차표, 영화표, 연극표 등)

첫째! 각종 입장권 붙이기

요즘 영화나 연극도 많이 보고, 여행도 많이 가지? 그런 특별한 경험을 좀 더 생생하게 표현하려면 현장감을 살릴 수 있는 입장권이 필요해.

둘째! 설명 쓰기

입장권과 관련된 경험을 간략하게 설명해 줘.

셋째! 느낌 쓰기

위의 경험을 통해 느낀 점을 생생하게 표현한다면 좋은 일기가 될 거야.

입장권 일기 쓰기 (기차표, 영화표, 연극표 등)

난생처음 혼자서 기차 여행을 했어. 이런 특별한 기차표는 꼭 간직해야 할 것 같아.

기차표에 담겨 있는 내 좌석 번호, 날짜, 시간 등 모든 것이 다 새롭고 신기해. 기차를 타고 가면서 본 것, 들은 것 등 하나도 남김없이 적어야지.

서울 · 제천
0O00월OO:00 · OO:00 0호차 0X
KTX 000 일자 특실
XX-XX(00,000)
XXXXXX-XXX 서울 XX

전에도 기차 여행은 많이 해 봤지만, 오늘 기차 여행은 혼자 하는 여행이라 더 특별한 기분이 들어. 그 느낌을 중점적으로 적어야겠어.

참, 혼자 하는 여행이 재미있기도 했지만, 왠지 외롭고 쓸쓸하기도 했어. 그때 엄마, 아빠 생각이 났는데 그 내용도 적어야겠다.

난생 처음 혼자 기차를 타고 여행을 한 날이다. 혼자 기차를 탄 건 처음이라 설레는 한편 긴장이 되었다. 나는 차분히 표를 살펴 내 자리를 찾아 갔다. 3호차 8C가 내 자리였다. 그런데 이게 웬 일! 내 자리에는 이미 다른 사람이 앉아 있었다. 당황하여 어쩔 줄 몰라하고 있는데 한 아 주머니께서 내 표를 보시더니 미소를 지으시면서 '여기는 4호차이고 앞 칸이 3호차란다.' 라고 말씀해 주셨다. 너무 창피해 고맙다는 인사를 하고 도망치듯 앞 칸으로 갔다. 그 때 는 창피해서 대충 인사를 했는데 지금 생각하니 정말 고마운 분이셨다. 더 정중하게 인사 를 드렸어야 하는데…… 우여곡절 끝에 내 자리에 앉아 창밖을 바라봤다. 엄마와 아빠가 나를 보며 손을 흔드셨다. 엄마, 아빠를 보니 와락 눈물이 쏟아질 것 같았다. 혼자 하는 여 행이라고 마냥 들떴었는데 순간 무섭고, 두려운 마음이 밀려왔다. 하지만 기차가 출발하자 무서운 기분은 사라지고, 설레는 마음으로 붕 날아갈 것만 같았다. 기차 여행의 백미! 간 식 카트 시간이 되었다. 아빠가 엄마 몰래 준 용돈으로 내가 좋아하는 과자를 사서 먹으며 창밖의 풍경을 바라보았다. 하염없이 창밖을 보고 있는데 잠이 쏟아졌다. 아침 일찍부터 여행 간다고 들떠 잠을 설친 게 탈이었다. 하지만 아무도 깨워줄 사람이 없고 혼자라는 생 각에 쉽게 잠을 잘 수가 없었다. 어느새 설레고 좋은 마음은 멀리 달아나 버리고 아빠, 엄 마가 무척 보고 싶어졌다. 언제 잠이 들었을까? 누군가 나를 툭툭 치는 게 느껴졌다. '얘, 여기 종점인데. 일어나봐.' 깜짝 놀라 잠에서 깼다. 어느새 기차는 제천역에 와 있었다. 나 의 첫 기차여행이 허무하게 끝나는 순간이었다.

"야, 신새롬! 오빠 가방 좀 가지고 가!"

학교 끝나고 신 나게 집에 오는데 하필 오빠를 만났지 뭐야. 오빠는 정말 불필요한 존재야. 매일 매일 심부름이나 시키고, 툭하면 때리고 괴롭히고!

"왜? 싫어. 오빠가 가지고 가!"

"이 오빠는 친구들하고 축구 하고 갈 거란 말이야. 축구 할 때 가방 있으면 신경 쓰이니까 잔말 말고 가지고 가!"

"싫어! 내 가방도 무겁단 말이야!"

"잔말 말고 빨리 들어. 고맙다! 동생아!"

오빠는 억지로 내 어깨에 가방을 올려두고 축구를 하려고 모여 있는 친구들에게로 뛰어갔어. 오빠를 보면 동생이 있어서 참 편하겠다는 생각이 들어. 자기 편한 대로 부려 먹고! 나도 동생이 있었으면 좋겠다는 생각을 얼마나 많이 했는지 몰라.

"새롬아, 너희 오빠 너무한다. 오빠가 동생 가방을 들어주지는 못할망정 동생한테 가방을 들게 하냐?"

"그러게 말이야. 나는 오빠가 있었으면 좋겠다고 생각했었는데……."

옆에 있던 민희와 세연이가 어이없다는 듯이 이야기했어. 아무튼 오빠 때문에 즐거운 집에 가는 길이 무거운 길이 되어 버렸어. 무거운 가방을 들고 터덜터덜 가고 있는데 우리 반 개구쟁이 남자애들을 만났지 뭐야.

"야, 신새롬! 너 가방이 왜 두 개냐?"

"그러게 너 가방 들어주는 서비스 하냐? 그럼 우리 것도 들어줘라!"

개구쟁이들은 가방을 하나, 둘 내 어깨 위에 올려놨어.

"야! 너희 뭐하는 거야! 이거 새롬이 오빠 가방이야. 가방 들어주는 서비스 하는 거 아니라고!!!"

"맞아, 빨리 너희 가방 들지 못해!"

민희와 세연이가 남자아이들을 온몸으로 막았지만 소용없었어.

"야, 너희! 내 동생한테 뭐하는 거야!!!"

오빠의 목소리였어.

"오빠!!!"

오빠의 목소리가 이렇게 반갑게 느껴진 적이 없었어.

"내 동생이 너희 심부름꾼이야!!! 빨리 가방 들지 못해!!!"

오빠의 호통에 내 어깨를 짓누르던 가방들은 하나둘 제자리를 찾아갔어.

"새롬아, 괜찮아?"

"응, 오빠!"

"너희들! 내 동생 괴롭히면 혼날 줄 알아!!!"

오빠는 부리나케 도망가는 개구쟁이들을 향해 크게 소리쳤어.

"고마워 오빠!"

"저 녀석들이 괴롭히면 오빠한테 말해 알았지?"

이렇게 말하고 오빠는 자기의 가방은 여전히 내게 맡긴 채 친구들에게 뛰어가 버렸어.

"새롬아, 너희 오빠 완전 멋지다."

"맞아, 악당들 틈에서 착한 사람들 구해주는 아이언 맨 같아."

민희와 세연이가 오빠를 칭찬하니까 왠지 어깨가 으쓱해졌어. 역시 아무리 날 괴롭히는 오빠라도 한가족인가 봐.

***

그날 밤, 일기를 쓰려고 자리에 앉았는데 어깨가 아파왔어. 아무래도 오늘 너무 무거운 가방을 들어서인 것 같아.

"아이고, 어깨야."

"새롬아, 왜 그래? 어디 다쳤어?"

"아니, 다친 건 아닌데 오늘 오빠 가방까지 들어줬거든."

"이야~ 너 인제 보니 정말 착한 동생이구나. 오빠 가방까지 들어주고."

"오빠가 억지로 내 어깨 위에 올려놔서 어쩔 수 없이 들어준 거야."

"그럼 그렇지. 그런데 새롬이 너희 오빠라는 거 가만 보면 평소에 너한테 심부름도 많이 시키는 것 같던데 이제 가방까지 들게 하냐?"

"응, 내 마음 알아주는 사람은 오똑맨 밖에 없구나."

"오빠라는 거 확 버려."

"뭐? 오빠를 어떻게 버려???"

"왜? 너 쓸모없는 거 잘 버리잖아. 얘기 들어보니 너희 오빠라는 거 별로 쓸모없어 보이는데 버리면 안 돼?"

"오똑맨!!! 가족은 버리는 게 아니야. 그리고 우리 오빠 그렇게 쓸모없지만은 않아. 오늘 우리 반 개구쟁이들이 나 괴롭힐 때 멋지게 나타나서 구해줬단 말이야."

"아하, 그래? 가족은 버리는 게 아니구나."

"응, 막 미웠다가도 없으면 보고 싶기도 하고, 귀찮다가도 고맙기도 하고 그래."

"그래? 가족이라는 거 참, 오묘하네. 맞다. 오늘 새롬이 네가 오빠한테 느낀 감정을 시로 표현하는 일기를 써 보면 어떨까?"

"시?"

"응, 시란 작가의 감정을 압축된 형식으로 나타내는 거잖아. 네가 오늘 느낀 복잡한 감정을 시로 표현해 보면 좋은 일기가 될 것 같아. 그럼 시작해 볼까?"

＊오뚝맨이＊
일기
비법카드
{9}

－ 동시 일기 쓰기 －

첫째! 글감 정하기

하루 동안 있었던 일 중 시로 표현하고 싶은 내용을 글감으로 정해봐.

둘째! 구성하기

몇 연, 몇 행의 시로 할 것인지, 그리고 각 연에는 어떤 내용을 쓸 것인지 미리 계획을 세워두면 좋겠지?

셋째! 리듬감 있게 표현하기

다른 글과는 다른 특징이 있어. 바로 리듬감, 즉 운율이야. 리듬감 있게 표현하기 위해서는 여러 가지 방법이 있어.

(1) 같은 단어나 문장, 소리 반복하기

(2) 소리나 모양을 흉내 내는 말 사용하기

(3) 같은 글자 수 반복하기.

(4) 같은 *음보 수 반복하기.

넷째! 비유적 표현 사용하기

시는 시는 짧은 글 안에 자신의 감정을 표현하기 때문에 다양한 표현 방법이 필요해. 그중 하나가 비유적 표현이야. 내가 표현하고자 하는 대상을 비슷한 다른 대상에 빗대어 표현하면 짧은 글이라도 효과적으로 표현할 수 있지.

*음보 : 음보란 쉽게 말해 소리의 발걸음이라고 풀이할 수 있어. 즉 한 행을 몇 번 끊어 읽느냐를 말하지. 예를 들어 '이 몸이 / 죽고 죽어 / 일 백번 / 고쳐 죽어' 라는 행은 총 4번 끊어 읽지? 이러한 것은 4음보라고 해.

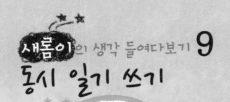
동시 일기 쓰기

오늘은 오빠에 대해 여러 가지 감정을 느꼈으니까 '오빠' 를 글감으로 정해 시를 써 봐야겠어.

"오빠"

우선 앞에 2연은 오빠 때문에 서운하고 화났던 일을 쓰고, 뒤에 2연은 오빠 덕분에 즐겁고 고마웠던 일을 시로 표현하자. 총 4연의 시가 되겠네.

리듬감 있게 표현하기 위해서 어떤 방법을 쓸까? 우선 오빠가 심부름 시키고, 괴롭히는 내용, 오빠로 인해 즐겁고, 고마운 마음을 흉내 내는 말로 표현해 보자. 그리고 비슷한 문장 구조를 반복해서 리듬감을 줘야겠어.

심부름 시키는 오빠를 심부름 기계, 툭하면 괴롭히는 오빠를 권투 선수에 비유해 봐야겠어. 그리고 나를 도와주는 오빠를 '아이언 맨' 에 빗대어 표현해야지.

OO 월 OO 일 O 요일 | 코끝을 빨갛게 물들여 놓은 바람 물감

제목 : 아리송한 오빠

야, 야

물 가져와! 가방 들어! 리모컨 가져와!

툭 건드리면 심부름이 툭 나오는

오빠는 심부름 기계

야, 야,

빨리빨리 안 해? 말 안 들어? 한 번 혼나 볼래?

툭 하면 툭 때리는

오빠는 권투 선수

하지만

누가 내 동생 괴롭혀! 내 동생은 내가 지켜!

툭 나타나 날 지켜주는

오빠는 나만의 아이언 맨

툭하면 심부름을 시켜도

툭하면 때려도

언제나 내 곁에서 함께 해 주는

오빠는 나의 수호천사

'카톡 카톡'

"어허, 수업시간에 이게 무슨 소리야? 누구 핸드폰이야. 선생님이 찾아내기 전에 순순히 자수하는 게 좋을걸!"

하필, 이때 카톡이 올 게 뭐람. 확인해 보니 꼭 필요한 것도 아니고 게임에 초대하는 내용이지 뭐야. 선생님은 어떻게 해서든 범인을 잡아내려는 형사 같은 눈빛으로 우리를 바라봤어. 나는 그 눈빛에 주눅이 들어 손을 들었지.

"선생님, 제 핸드폰이에요."

"신새롬! 수업 시간에는 꺼 두어야지!!!"

"네, 점심시간에 켰다가 깜박했어요. 다음부터는 꼭 끌게요. 한 번만 용서해 주시면 안 돼요?"

"안 돼! 우리 수업 시간에 핸드폰 울리면 어떻게 하기로 약속했지?"

"일주일간 핸드폰 사용 금지요."

"그럼 어떻게 해야 하지?"

"네?"

"빨리 핸드폰 가져오라고. 일주일 동안 선생님이 잘 보관하고 있을게. 걱정하지 말고!!!"

"선생님, 처음인데 딱 한 번만 봐주시면 안 돼요? 네?"

"안 돼! 예외를 두면 다른 친구들도 규칙을 지키지 않아도 된다고 생각할 거야. 규칙은 약속이야. 빨리 가져와!"

　선생님의 엄격한 목소리에 기가 죽어 어쩔 수 없이 나의 보물 1호 핸드폰을 선생님 손에 넘겨드렸어. 쉬는 시간에 민희와 세연이가 위로해 주었지만 허전한 마음은 어쩔 수가 없었어. 그런데 이 일로 때아닌 토론이 벌어졌어. 토론의 시작은 민희가 나를 위로해주는 말에서부터 시작되었지.

　"선생님 정말 너무 하시지 않니? 딱 한 번 실수인데 일주일씩이나 핸드폰을 빼앗으시다니 정말 너무 잔인하셔."

　"맞아, 맞아. 핸드폰 없이 일주일을 어떻게 살아."

　민희의 말에 세연이가 맞장구를 쳤지.

　"그런데 얘들아, 규칙은 규칙이잖아. 선생님은 규칙대로 한 거고, 솔직히 나는 학교에 핸드폰을 가져오는 것 자체가 문제라고 생각해."

　우리 반 모범생 유빈이의 말이었어. 뭐 유빈이의 말이 틀린 말은 아니지만 조금은 야속하게 느껴졌지.

　"뭐? 학교에 핸드폰을 가져오는 것 자체가 문제라고? 그럼 학교에 핸드폰을 가져오면 안 된다는 말이야? 그건 말도 안 돼. 엄마랑 중요한 연락할 때도 필요하고, 혹시라도 급한 일이 생기면 어떻게 해. 핸드폰은 필수품이야."

　유빈이의 말에 세연이가 반박했지. 하지만 유빈이도 지지 않았어.

　"물론 필요할 때도 있겠지만 필요하지 않을 때가 더 많잖아. 핸드폰을 가져오면 쉬는 시간에도 게

임만 하게 되고, 가끔 수업 시간에 울릴 때도 있어서 공부에 방해되기도 해. 그러니까 학교에 가지고 오는 것은 별로 좋지 않은 것 같아."

"띠디디딩~"

우리의 작은 토론이 끝나기 전에 수업 종이 울렸어. 그 뒤로 학교가 끝날 때까지 빼앗긴 핸드폰 때문에 집중이 안 됐어. 집에 돌아와서도 일주일 동안 핸드폰 없이 살아야 한다는 것 때문에 마음이 무거웠지. 그리고 핸드폰을 빼앗겼다는 사실을 안 엄마에게 무지막지하게 잔소리를 들어야 했어.

"신새롬! 오늘 기분이 안 좋아 보인다. 무슨 일 있어?"

"응, 오똑맨, 오늘은 정말 최악이야."

"왜? 무슨 일이 있었는데?"

"실은……."

나는 오똑맨에게 오늘 있었던 일을 이야기해 줬어. 중간중간 나도 모르게 한숨이 나왔지.

"그런 일이 있었구나. 핸드폰이라는 게 사람들에게는 꽤 중요한 건 가봐. 우리는 핸드폰 없어도 아주 아주 재미나게 잘 살고 있는데 말이야."

"예전에는 우리 사람들도 핸드폰 없이 살기도 했대. 그런데 생각만 해도 끔찍하게 불편했을 것 같아. 어떻게 핸드폰 없이 살았을까?"

"에이~ 우리는 핸드폰 없이도 잘살고 있잖아. 너도 이번 기회에 핸드폰 없는 삶을 한 번 살아봐. 아하!!! 우리 오늘 일기 주제 나왔다 새롬아!"

"응? 핸드폰 빼앗긴 일에 대해 쓰라고?"

"아니, 물론 그것도 좋지만 오늘은 주장하는 일기를 써 보자."

"주장하는 일기?"

"그래, 오늘 친구들끼리 핸드폰을 학교에 가져오는 문제에 관해 이야기를 나눴다며. 그 문제에 대한 너의 생각을 주장하는 글로 써 보는 거야. 자연스럽게 오늘 있었던 일에 대해 이야기도 하면 좋은 일기가 될 것 같은데?"

"좋아, 그 문제에 대해서라면 나도 할 말이 많아!"

– 주장 일기 쓰기 –

첫째! 논제 정하기
주장 일기를 쓰려면 주장을 이야기할 논제가 필요해. 주변에서 일어나는 일 중 자기 생각을 이야기해 보고 싶은 논제를 선택해 보자.

둘째! 견해 정하기, 근거 마련하기
논제를 선정했다면 그 논제에 대한 자신의 견해를 정해봐. 그리고 자신의 견해에 대한 근거를 마련해야겠지?

셋째! 주장 일기 쓰기
주장하는 글은 서론, 본론, 결론으로 나누어. 서론에서는 논제 배경, 본론에서는 주장과 근거, 결론에서는 자신의 주장을 다시 한 번 정리해 주면 돼.

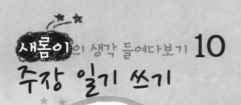

주장 일기 쓰기

오늘 쓸 주장 일기의 논제는 학교에서 친구들과 이야기했던 '학교에 핸드폰을 가지고 와도 되는가?'로 정해야겠어.

아까 친구들이 이야기할 때 나는 솔직히 민희와 세연이의 의견에 동의했어. 물론 방해되는 부분도 많지만 핸드폰으로 꼭 필요한 연락은 해야 하잖아.

서론에는 필수품이 된 핸드폰에 대해 이야기하면서 문제가 되는 상황에 대해 설명해 주어야지.

본론을 쓸 때는 우선 반대 의견에 관해 이야기 해 준 다음에 이에 대해 반박하는 형식으로 내 의견을 이야기해야겠어. 결론에서는 다시 한 번 내 주장을 강조할 특별한 표현을 생각해 보자.

제목 : 학교에 핸드폰을 가져와도 되는가?

요즘 핸드폰은 어른들뿐만 아니라 아이들에게도 필수품이 되었습니다. 핸드폰이 없는 아이들이 없을 정도로 많은 아이들이 핸드폰을 가지고 있습니다. 가족이나 친구들과 급한 연락을 할 때, 또는 친구들과 대화를 할 때 핸드폰은 매우 유용하게 쓰입니다. 이렇게 핸드폰이 필수품이 되다보니 학교에서 핸드폰을 사용하는 문제에 대한 논란이 뜨겁습니다.

 학교에서 핸드폰을 사용하면 수업 시간에 방해가 되고, 쉬는 시간에도 핸드폰으로 게임만 하는 등 부작용이 있다는 의견이 있습니다. 물론 그런 문제가 있지만 이러한 문제 때문에 핸드폰을 가져오지 못하게 한다면 또 다른 문제가 생길 것입니다. 우선 요즘 부모님들 중에는 맞벌이를 하시는 경우가 많습니다. 따라서 학교에서 집으로 갈 때, 학원으로 이동할 때 등 부모님과 연락을 해야 합니다. 이 때 만약 핸드폰이 없다면 부모님도 우리 아이들도 매우 불편할 것입니다. 또한 현대 사회에는 무서운 일이 많이 벌어지고 있습니다. 이러한 상황에서 급박한 일이 생겼을 때 핸드폰이 없다면 연락할 방법이 없게 됩니다. 학교에서 핸드폰을 사용해서 생기는 문제는 학교 내에서는 꺼 두고 서로 규칙을 잘 지킨다면 해결될 것입니다. 예를 들어 우리 반에는 수업 시간에 핸드폰이 울리면 일주일동안 빼앗기는 규칙이 있습니다. 이렇게 규칙을 정해 지키지 않는 학생에게는 벌을 주고, 잘 지키도록 한다면 학교에 핸드폰을 가지고 오는 것은 문제가 되지 않을 것입니다.

 흐르는 물을 거슬러서는 안 됩니다. 핸드폰은 이미 우리 사회에 꼭 필요한 필수품이 되었습니다. 학교에 핸드폰을 가져오지 못하도록 하는 것은 이 흐름을 거스르는 일입니다.

★ 둘째 마당 ★
내용 토끼 잡기

1. 소개일기

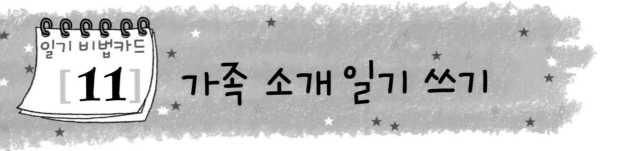
"킁킁~ 맛있는 냄새~~~ 엄마, 오늘 무슨 날이에요?"

"오늘 우리 집들이한다고 했잖아. 큰아버지네 식구랑 고모네 식구 올 거야."

"아~ 맞다 그랬죠? 그나저나 냄새 정말 끝내주네요. 불고기예요?"

"응, 이것저것 하는데 어떨지 모르겠다. 엄마 바쁘니까 알아서 손 씻고, 숙제해. 알았지?"

"네, 참, 그럼 오늘 민주 언니랑 성광이, 희주도 오는 거예요?"

"아마 오겠지?"

"와~ 신 난다. 오랜만에 신 나게 놀 수 있겠네."

"신 나게 놀기 전에 먼저 숙제 다 해 놔야 하는 거 잊지 마!!!"

"에이, 엄마는 또 숙제 소리. 다 해 놓을게요. 걱정하지 마세요."

서울로 이사 온 지 꽤 오래 되었지만, 그동안 학교 전학 문제 또 서울 생활 적응 문제 등으로 제대로 된 집들이를 못 했다며 오늘 엄마가 친척들을 초대했어. 맛있는 음식도 잔뜩 먹고, 언니, 동생들이랑 놀 생각을 하니 벌써 신이 났어. 마음 편하게 놀려면 엄마 말대로 숙제를 다 해 놓아야겠지? 나는 어느 때보다 열심히 숙제했어.

'딩~동~'

숙제를 막 마쳤을 때 벨 소리가 들렸어.

"엄마, 제가 나갈게요. 누구세요?"

"새롬아, 나야. 민주."

"언니~"

나는 잽싸게 문을 열었고, 문 앞에는 큰아빠, 큰엄마, 그리고 민주 언니가 환하게 웃으며 서 있었어.

"안녕하세요."

"응, 우리 새롬이 사투리도 다 고치고 서울 사람 다 되었네."

"네, 헤헤"

나는 쑥스러운 듯 머리를 긁적였어. 그리고 얼른 민주 언니 손을 잡고 내 방으로 들어왔지. 그때였어. 다시 '딩~동~' 하는 벨 소리가 들렸어.

"어? 고모네 왔나 보다."

민주 언니랑 나는 누가 먼저랄 것도 없이 활짝 웃으며 서로 마주 봤지. 그리고 잽싸게 뛰어 나갔어.

"고모, 고모부 안녕하세요."

"응, 민주, 새롬이 오랜만이다."

"누나, 누나, 나랑 놀자."

"아니야, 나랑 놀 거야. 그치 언니들?"

성광이와 희주는 민주 언니랑 나를 보자마자 같이 놀아달라며 매달렸어. 드디어 기다리던 순간이 왔지. 우리는 다 같이 내 방으로 쏙 들어가 저녁 먹기 전까지 신 나게 놀았어. 학원에 갔다가 조금 늦게 온 새오 오빠까지 다 같이 모여 오랜만에 내가 좋아하는 숨바꼭질, 희주가 좋아하는 엄마 놀이, 성광이가 좋아하는 공룡 놀이까지 신 나게 했지. 물론 새오 오빠랑 민주 언니는 조금 유치해하는 것 같았지만, 동생들이 하고 싶다고 하니까 같이 신 나게 놀아 주었어. 저녁을 먹고 나서도 우리는 연신 하하, 호호, 깔깔대며 지칠 줄 몰랐어. 할 놀이가 떨어지자 우리는 다시 숨바꼭질하기로 했지. 민주 언니가 술래가 되었고, 우리가 꼭꼭 숨어 있던 바로 그때였어.

"민주야, 신민주! 이제 집에 가야지."

큰엄마의 목소리였어.

"네? 벌써요?"

민주 언니의 목소리에는 서운함이 묻어 있었어.

"벌써는? 9시가 넘었어."

큰아빠의 소리에 꼭꼭 숨어있던 우리는 하나둘 밖으로 나왔어.

"큰아빠, 오늘 주무시고 가시는 거 아니었어요?"

"응, 그러려고 했는데 민주 언니가 내일 체험학습 가야 해서. 다음에 와서 꼭 자고 갈게 새롬아."

서운한 마음을 감출 수 없었지만, 민주 언니를 보내 주어야만 했지.

"성광아, 강성광!!! 얘가 어디 있어? 삼촌, 숙모 가신대. 빨리 나와 인사해야지."

고모가 숨어 있는 성광이를 찾았어. 하지만 성광이는 숨바꼭질에 너무 푹 빠진 나머지 큰아빠, 큰엄마가 가실 때까지 꼭꼭 숨어 나오지 않았지 뭐야. 할 수 없이 우리끼리 큰아빠, 큰엄마, 민주 언니의 배웅을 하고 돌아왔어. 희주도 졸려 하는 것 같고 나도 졸려서 일기 쓰고 자려고 방으로 들어온 순간, 내 일기장, 오똑맨을 찢으려는 성광이를 발견했어.

"성광아, 안 돼!!!"

나는 잽싸게 성광이의 손에서 오똑맨을 낚아챘지.

"누나, 그 못생긴 공책은 뭐야? 나 여기에 낙서할래."

"이거 누나 일기장이야. 절대 찢거나 낙서하면 안 돼."

"에이, 내가 멋진 공룡 그려주려고 했는데……."

"누나가 다른 공책 줄게."

나는 성광이에게 연습장을 주고, 오똑맨을 구해줬지. 성광이는 연습장에 이름도 알 수 없는 희한한 공룡을 그리더니 자랑을 하러 거실로 뛰어 나갔어.

"오똑맨 괜찮아?"

나는 성광이가 나간 뒤 깜짝 놀랐을 오똑맨의 안부를 물었어.

"새…… 새롬아. 저 무시무시한 아이 누구야? 나를 두 동강 내려고 했어."

"성광이라고, 내 동생이야. 무시무시한 아이는 아니야. 장난기가 좀 심해서 그렇지 얼마나 귀여운데."

"동생? 너 오빠만 있지 않았어? 언제 동생을 낳으셨어? 아무튼, 네 동생 무지 무섭다."

"아, 아빠, 엄마가 낳은 친동생은 아니고 고모 아들, 즉 친척 동생이야."

"친척 동생? 그건 또 뭐냐? 사람들은 뭐가 이리 복잡해!!!"

"응, 우리 아빠의 누나가 고모, 그 고모가 낳은 아들이 바로 성광이야. 친척 동생이지."

"아까 또 언니라는 사람도 왔다 갔잖아."

"응, 민주 언니는 아빠의 형이 낳은 딸."

"그러니까 정확하게 너희 가족은 누구냐? 아이고 헷갈려. 이럴 게 아니라 오늘 일기는 나의 궁금함을 풀어주는 일기를 좀 써 줘."

"오똑맨의 궁금함을 풀어달라고?"

"응, 너희 가족 소개

일기를 써 보는 거야. 그냥 소개만 하면 재미없으니까 가족의 특징을 잘 나타낼 수 있는 비유적 표현을 써서 말이야."

"비유? 그건 너무 어려운데?"

"어렵게 생각하지 마. 예를 들어 색깔로 가족을 표현한다고 생각해 보자. 아빠와 닮은 색, 엄마와 닮은 색 등 가족을 색깔로 소개해 보고, 그렇게 생각한 이유를 쓰는 거야. 그러면 자연스럽게 너희 가족의 특징에 대해 이야기 하는 가족 소개 일기가 되겠지?"

"응, 그거 재미있겠다. 벌써 생각나는 게 있어."

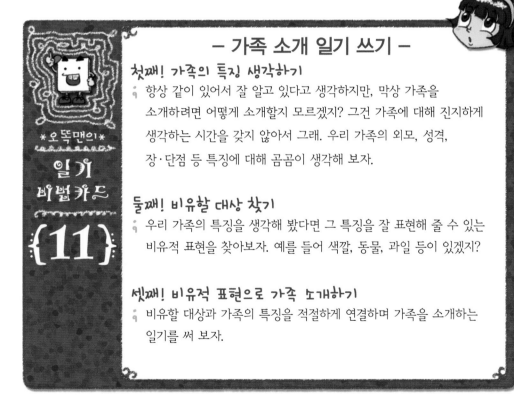

오똑맨의
일기
비법카드
{11}

– 가족 소개 일기 쓰기 –

첫째! 가족의 특징 생각하기
항상 같이 있어서 잘 알고 있다고 생각하지만, 막상 가족을 소개하려면 어떻게 소개할지 모르겠지? 그건 가족에 대해 진지하게 생각하는 시간을 갖지 않아서 그래. 우리 가족의 외모, 성격, 장·단점 등 특징에 대해 곰곰이 생각해 보자.

둘째! 비유할 대상 찾기
우리 가족의 특징을 생각해 봤다면 그 특징을 잘 표현해 줄 수 있는 비유적 표현을 찾아보자. 예를 들어 색깔, 동물, 과일 등이 있겠지?

셋째! 비유적 표현으로 가족 소개하기
비유할 대상과 가족의 특징을 적절하게 연결하며 가족을 소개하는 일기를 써 보자.

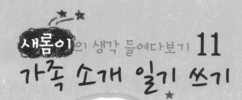

우선 우리 가족의 특징을
생각해 볼까?
● 아빠 : 말이 없고, 무뚝뚝하시지만
  누구보다도 마음이 따뜻함
● 엄마 : 다혈질로 잔소리가 좀
  심하시지만
  리더십이 뛰어남

● 새오 오빠 : 장난기가 심한
  개구쟁이이나 공부도 잘하고
  똑똑한 편임
● 새롬이 (나) : 특별히 잘하는 건 없지만
  다른 사람을 잘 배려하는 마음을 가짐.

우리 가족의 특징을 잘
드러낼 수 있는 비유 대상은
무엇이 있을까? 그래! 태양계의
행성으로 비유해야겠어.

아빠는 무뚝뚝하고 차가워 보이는
모습은 천왕성과 닮은 것 같아.
엄마는 다혈질이지만 리더십이
있으니 태양과 닮았군.
오빠는 다양한 모습을 가지고
있으니 지구에 비유하고 나는
예쁜 띠를 가진 토성에 비유해 봐야지.

제목 : 태양계 속에 우리 가족이 보인다.

서울로 이사 온 지 한참이 지났지만 이제야 집들이를 하게 되었다. 오랜만에 큰아빠네 식구들 고모네 식구들을 보니 반갑고 계속 마음이 붕 뜬 것 같은 기분이 들었다. 가족이란 이렇게 같이 있기만 해도 즐거움을 주는 존재인 것 같다. 그래서 오늘은 특별히 우리 가족을 소개하는 일기를 써 보기로 했다.

 우선 아빠는 천왕성과 닮았다. 천왕성은 태양과 가장 멀리 떨어져 있어, 매우 차가운 얼음별이라고 불린다고 한다. 아빠는 말이 없고 무뚝뚝해 사람들이 처음 봤을 때 천왕성처럼 매우 차갑다고 느낀다. 하지만 천왕성과 다른 점이 있다. 겉보기에는 차가워 보이지만 알고 보면 누구보다도 여리고 따뜻한 마음을 가졌다는 것이다.

 엄마는 당연히 태양을 닮았다. 성격이 매우 다혈질이신데 엄마는 우리가 말을 잘 안 들어서 엄마 성격이 다혈질이 된 것이라고 한다. 잔소리하실 때 모습은 정말 이글이글 타오르는 태양의 모습과 똑같다. 또한, 태양이 태양계의 행성들을 이끌고 있는 것처럼 우리 엄마는 탁월한 리더십으로 우리 가족을 잘 이끌어 주신다.

 오빠는 (지구가 조금 아깝긴 하지만) 지구와 닮았다. 지구는 다양한 생물과 다양한 사람들, 다양한 문화가 숨 쉬는 유일한 행성이다. 오빠는 장난기가 많고 개구쟁이지만 공부를 할 때는 어느새 모범생으로 바뀌어 놀라운 집중력을 발휘하는 다양한 모습을 보여준다. 이런 다양한 면이 지구와 닮았다.

 나는 예쁜 띠가 있는 토성과 닮았다. 우선 예쁘다는 것이 닮았으면 좋겠지만 그건 아니

고, 토성을 둘러싸고 있는 예쁜 띠가 다른 사람을 배려할 줄 하는 나의 모습과 닮았다. 물

론 특별히 잘하는 것은 없지만 이렇게 다른 사람을 배려하는 모습 때문에 칭찬을 받곤

한다.

나의 장점, 단점 소개 일기 쓰기

"어, 선생님, 안녕하세요."

엄마 심부름으로 마트에 갔는데 미술 선생님을 만났어. 나도 모르게 반가워서 큰소리로 인사를 했지. 그런데 이게 웬일 선생님은 날 잘 모르는 것 같았어.

"어? 네가 누구였더라? 우리 학교 학생인가?"

"네, 신새롬이요. 4학년 3반이요. 김민희 짝꿍."

"아하, 민희 짝꿍! 미안 선생님이 새 학기가 된 지 얼마 안 돼서 아이들을 다 파악하지 못했어. 이제부터는 꼭 기억할 게. 신! 새! 롬!"

"네, 그럼 안녕히 계세요."

"그래, 조심해서 가고 내일 보자."

선생님과 웃으며 헤어졌지만, 마음이 좋지는 않았어. 물론 새 학기가 된 지 얼마 되지 않았지만 그래도 민희는 기억하면서 나는 기억하지 못하는 게 조금 서운했지.

"치, 나는 반가워서 인사했는데 알아보지도 못하시는데 괜히 아는 척했어."

마트에서 돌아오는 내내 이렇게 투덜대며 집으로 왔지.

"다녀왔습니다. 엄마, 두부 여기 사왔어요."

"응, 고마워 우리 딸~ 역시 엄마 도와주는 사람은 우리 예쁜 새롬이뿐이야. 엄마가 된장찌개 맛있게 끓여 줄게."

별것도 아닌 심부름에 폭풍칭찬을 받으니 선생님 때문에 서운했던 마음이 살짝 풀리는 것 같았어. 이랬다저랬다 하는 이상한 기분과 함께 일기를 쓰기 위해 방으로 들어갔지.

"오...똑....맨.... 오~똑~맨~~~~~"

나는 오락가락하는 내 기분을 표현하기 위해 처음에는
기운 없이, 두 번째는 생기 넘치게 오똑맨을 불렀어.

"이건 뭐야. 신새롬. 너 어디 아픈 거야?"

"아니, 내 기분을 표현해 본 거야."

"뭐?"

나는 당황해 하는 오똑맨을 위해 오늘 마트에서 선생님
께 일과 집에 와서 엄마께 칭찬받은 일에 대해 이야기해
주었어.

"아하, 그런 일이 있었어?"

"응, '선생님 만난 지 얼마 안 됐으니까 그럴 수도 있지.' 라고 생각하면서도 왠지 서
운해."

"그래? 그럼 그렇게 서운해하지만 말고 적극적으로 너에 대해 알려보자."

"나에 대해 알려보자고? 에이, 난 막 나서고 그러는 거 잘 못 해."

"우리에겐 일기가 있잖아. 이 오똑맨을 잊었어?"

"일기?"

"응, 일기로 널 알리는 거야. 너를 소개하는 일기. 어때?"

"나를 소개하는 일기? 좋을 거 같긴 한데 좀 막막해. 어떻게 써야 하는데?"

"일단 너에 대해 다~ 소개하라고 하면 너무 막연하고 어려우니까 너의 장점, 단점을
소개하는 일기를 써 보자. 어떻게 써야 하는 지 막막하면 빨리 내가 준 머리띠를 써
봐."

"아하, 그렇지 일기비법을 알려주는 안테나 머리띠가 있었지.

어디 한 번 써 볼까?"

오똑맨의
일기
비법카드
{12}

– 나의 장점, 단점 소개 일기 쓰기 –

첫째! 나의 장점, 단점 생각하기

평소에 '나'에 대해 생각할 시간이 별로 없었지? 이번 기회에 '나'에 대해 곰곰이 생각해 보는 시간을 가져봐.

둘째! 장점 소개하기

장점을 소개할 때는 구체적인 경험 함께 소개하는 것이 좋아. 일기니까 이왕이면 오늘 하루 있었던 일 중 내 장점이 발휘되었던 순간을 이야기하는 것이 좋겠지. 오늘의 일과 중에서는 딱 생각나는 게 없다면 예전 일을 떠올려 봐도 돼.

셋째! 단점 소개하기

단점도 장점과 마찬가지로 구체적 경험과 함께 소개하는 것이 좋겠지? 단, 단점을 소개할 때는 너의 단점을 극복하려는 의지나 계획이 드러나도록 하는 것이 좋단다.

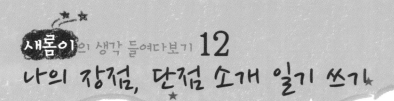

나의 장점, 단점 소개 일기 쓰기

내 장점과 단점은 뭘까? 과연 나에게 장점이 있을까? 단점은 많은 것 같은데……. 나에 대해 이렇게 모르고 있었다니, 엄마한테 물어봐야겠다.

엄마가 나의 장점은 다른 사람을 잘 배려하고, 성실한 점이라고 하셨어. 하긴, 오늘도 아빠, 오빠는 다 모른 척 할 때 내가 나서서 엄마 심부름을 갔다 왔잖아.

엄마가 내 단점은 너무 소극적인 거래. 그건 나도 동감해. 발표하려고만 하면 얼굴이 빨개지고 심장이 마구 쿵쾅거리거든.

앞으로 좀 더 적극적인 새롬이가 되기 위해 일주일에 두 번 이상은 손을 들고 발표하는 습관을 지녀봐야겠어. 아자!!!

○○ 월 ○○ 일 ○ 요일	안개 커튼에 세상이 흐릿흐릿

제목 : 소심한 개미 신새롬을 소개합니다.

오늘은 나, '신새롬'에 대해 깊이 있게 생각해 봤다. 늘 함께하는, 떼려야 뗄 수 없는 관계이기 때문에 잘 안다고 생각하고 있었지만, 막상 나에 대해 생각해보니 내가 모르고 있었던 부분이 너무 많았다.

우선 나의 장점에 대해 엄마께 여쭈어 보았다. 엄마는 나의 장점이 다른 사람을 잘 배려하고 성실한 점이라고 했다. 엄마 말을 듣고 생각해보니 내 모습 중 가장 자랑할 만한 모습이 바로 '배려와 성실'인 것 같았다. 우리 집에서 엄마를 가장 많이 도와주는 사람도 바로 나이고, 아빠께 안마를 가장 잘 해주는 사람도 나이다. 학교에서 친구들이 준비물을 가져오지 않았을 때 가장 많이 빌려주는 사람도 바로 나이고, 화장실에 가장 많이 같이 가주는 친구도 나이다. 또 오빠의 짓궂은 장난도 잘 받아주는 사람도 바로 나, 신새롬이다. 또 엄마 말처럼 나는 무척 성실하다. 공부를 잘하는 건 아니지만 지각한 적도, 숙제를 빼먹은 적도 한 번도 없다. 또 수업시간에도 항상 바른 자세로 집중해 칭찬을 자주 듣는다.

그러고 보니 나는 성실한 개미와 비슷한 것 같다. 개미는 성실하게 일을 하고, 또 가족들을 먹이기 위해 자기 몸의 50배나 되는 먹이를 운반하기도 한다. 나는 개미처럼 성실하고 다른 사람을 배려할 줄 아는 사람이다. 하지만 단점도 있다. 작은 개미처럼 마음이 너무 작다는 것이다. 마음이 작다는 것은 바로 소심하다는 뜻이다. 다른 사람들 앞에 나서는 것이 너무 부끄러워 점점 소극적으로 변하고 있다. 그래서 수업 시간에 잘 이해되지 않는 부분이 있어도 질문하지 못하고, 잘 아는 부분을 발표한 적도 없다.

나는 소극적인 나의 성격을 고치고 싶다. 이제부터는 일주일에 최소 2~3번은 발표나 질문을 하려고 한다. 잘 될지 모르겠지만 좀 더 적극적인 새롬이로 다시 태어나기 위해 열심히 노력할 것이다. 소심한 개미가 대범한 개미로 다시 태어나길 응원하며 아자! 아자!

친구 소개 일기 쓰기

'두근두근 쿵쾅쿵쾅'

이건 고릴라의 발걸음 소리가 아니라 내 심장이 뛰는 소리야. 무슨 일이냐고? 오늘 짝꿍을 바꾸는 날이거든. 나는 지금 짝꿍 민희가 정말 마음에 들어서 짝을 바꾸는 오늘이 오지 않기를 바랐어. 하지만 어김없이 오늘은 왔지. 두 번 연속 민희랑 짝이 되는 건 힘들겠지만, 선생님께서 오늘 짝은 제비뽑기로 정한다고 하셨으니까 영 가망이 없는 건 아니야.

"민희야, 너무 떨린다 그치?"

"응, 이번에도 우리 둘이 꼭 짝이 되었으면 좋겠다."

"그러게 말이야."

"선생님 오신다~아~~~"

복도에 있던 아이들이 선생님을 발견했는지 크게 소리치며 교실로 들어왔어. 그리고 잠시 뒤 선생님께서 들어오셨지.

"자자, 조용히 하고! 오늘 짝 바꾸기로 한 날 맞지?"

"네~"

우리는 교실이 떠나가라 대답했어. 새로운 짝꿍에 대한 기대 반, 걱정 반으로 크게 소리친 것 같아. 나랑 민희는 기도하는 마음으로 손을 꼭 잡았어.

"1번부터 나와서 선생님이 만들어 온 제비를 뽑아서 같은 숫자가 나온 사람들이 짝이 되는 거야. 뽑은 쪽지를 바꾸거나 다시 뽑을 수 없어. 먼저 뽑은 사람들이 숫자를 보고 바꿀 수도 있으니까 끝 번호까지 다 뽑은 뒤에 쪽지를 펴보는 걸로 하자. 만약 먼저 뽑은 사람 중에 쪽지를 펴보는 사람이 있다면 한 달 동안 청소하는 거 어때?"

"한 달이요?"

"그건 너무해요."

여기저기에서 볼멘소리가 터져 나왔어.

"그러니까 먼저 펴보지 않으면 되잖아. 그렇게 하는 걸로 하고, 1번부터 나와 보자."

선생님은 아이들의 볼멘소리에도 아랑곳하지 않고 '한 달 동안 청소'라는 무서운 규칙을 정해 놓으셨어. 아마도 먼저 쪽지를 펼쳐볼 용기 있는 아이는 없을 것 같아. 드디어 나보다 앞번호인 민희가 제비를 뽑아 왔어. 민희에 쪽지 안에 쓰여 있는 숫자가 궁금해 미칠 지경이었어.

"다음다음이 내 차례야."

"새롬아 이 쪽지 잡아봐."

"왜?"

"쪽지의 기운을 전달해 주려고."

"그래, 그럼 같은 숫자 뽑을 수도 있어."

민희와 나는 함께 민희가 뽑은 쪽지를 꼭 잡고 기도했어. 드디어 내가 제비를 뽑을 차례가 되었어. 선생님이 만들어 온 통에 손을 넣었지. 손끝으로 이 쪽지들의 숫자를 알 수 있다면 얼마나 좋을까? 나는 신중하게 쪽지를 뽑아 손에 꼭 쥐고 자리로 왔어. 끝 번호까지 다 뽑을 동안 기다

리는 규칙이 이렇게 힘든지 미처 몰랐어. 누군가 시간이라는 고무줄을 잡고 길게 늘여놓은 것만 같았어. 그렇게 긴 시간이 가고 드디어 쪽지를 펴 볼 시간이 왔어.

"자, 모두 뽑았지? 혹시 안 뽑은 사람?"

선생님의 질문에 아이들은 잠잠했어. 모두 긴장한 표정이 역력했지.

"안 뽑은 사람 없지? 그럼 드디어 쪽지를 펴볼 시간이다. 얘들아, 쪽지를 확인해 봐~"

선생님의 허락이 떨어지기 무섭게 민희는 쪽지를 펼쳤어.

"11번. 새롬아, 나 11번이야. 넌?"

"난 떨려서 아직 못 펴봤어. 아휴, 긴장 돼."

"이리 줘봐. 같이 펴 보자."

"응, 제발 11, 11, 11,"

"11, 11, 11."

민희와 나는 11을 외치며 쪽지를 펼쳤어. 두 번 접혀 있는 쪽지를 한 번 폈을 때 희미하게 1자가 보이는 것 같았어.

"어? 1이다. 1 그치?"

"응, 새롬아 빨리 마저 펴 보자."

민희와 내가 쪽지를 마저 펼쳤을 때 우리 눈에는 '11'이라는 숫자가 들어왔어.

"와~~~"

"앗싸~~~"

우리는 함께 소리를 지르며 얼싸 안았지.

"김민희, 신새롬! 교실에서 누가 그렇게 소리를 지르래?"

"죄송합니다."

선생님께 꾸중을 들었지만, 비실비실 새어나오는 웃음은 참을 수가 없었어. 교실 여기저기에서는 환호 소리와 탄식 소리가 번갈아 가며 들렸지.

"자, 조용, 조용! 앞으로 한 달 동안 짝 바꾸는 건 없고, 내일부터는 오늘 뽑은 쪽지의 번호대로 앉는 거야. 친한 친구랑 짝이 된 사람들은 한 달 동안 더욱더 친해지고, 그렇지 않은 사람들은 새 친구를 만들 좋은 기회라고 생각하고 오늘 뽑은 짝꿍과 친해지는 시간을 가져보자. 이상!"

학교가 끝나고 집으로 오는 길은 룰루랄라 신나기만 했어. 물론 세연이한테 조금 미안하긴 하지만 민희랑 내가 앞으로 더 잘 챙겨주기로 하며 잘 달랬지. 집에 들어오자마자 오똑맨을 찾았어. 오늘의 이 기쁜 소식을 꼭 전해주고 싶었거든.

"오똑맨~"

"아하암~~~ 벌써 일기 쓸 시간 됐어? 아직 환한 것 같은데."

"응, 오늘은 어두워질 때까지 기다릴 필요가 없어. 벌써 일기 쓰고 싶은 일이 생겼거든."

"그래? 어쩐지 새롬이 너 기분이 엄청 좋아 보인다. 아무튼!!! 네 기분 좋다고 이 오똑맨의 단잠을 깨우다니!!!"

"아, 자고 있었어? 미안 미안."

"우리 일기장들은 이렇게 낮에 잠을 푹 자두어야 한다고!!! 밤에는 연필심이 꾹꾹 누른 여운 때문에 간지러워서 잠을 잘 수가 없단 말이야."

"아하~ 그렇구나. 미안 미안."

"너 뭐야. '미안 미안' 하면서도 싱글벙글~ 도대체 무슨 일이 있었던 거야?"

"오늘 짝꿍 바꾸는 날이었는데 다시 민희랑 짝꿍이 됐어."

오똑맨에게 오늘 제비뽑기를 한 이야기, 쪽지를 열어볼 때의 긴장감 등을 자세히 이야기 해 주었어.

"오똑맨, 오늘은 어떤 일기를 쓰는 게 좋을까?"

"새롬이 네 얘기를 들으니 답이 딱 나오네! 친구 소개 일기!!!"

"엥? 친구 소개 일기?"

"응, 솔직히 난 그 민희라는 친구 이름 말고는 아는 게 없어. 너와 베프라며? 오늘은 그 친구를 나한테 소개해 줘봐."

"그래? 그거야 자신 있지. 민희에 대해서는 모르는 게 없으니까. 그런데 어떻게 소개하면 좋을까?"

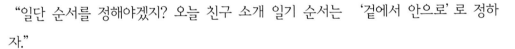

"일단 순서를 정해야겠지? 오늘 친구 소개 일기 순서는 '겉에서 안으로'로 정하자."

"겉에서 안으로?"

"응 겉모습부터 시작해 내면의 모습을 소개해 보라고. 외모에 대해 잘 묘사한 뒤 성격이나 잘하는 것 등을 소개하면 되겠지?"

"오케이~~~ 시작해 볼까?"

– 친구 소개 일기 쓰기 –

첫째! 소개 순서 정하기

- 친구 소개 일기를 쓸 때는 소개의 순서를 먼저 정해봐. '겉에서 안으로' 혹은 '친구들이 잘 알만한 내용부터 잘 모를 것 같은 내용으로' 등 다양한 순서를 정해볼 수 있겠지?

둘째! 개성 있는 표현으로 소개하기

- 친구에 대해 인상 깊게 소개하기 위해서는 개성 있는 표현이 필요해. 다양한 수식하는 말이나 비유 혹은 친구의 별명 등으로 인상 깊게 소개해 봐.

셋째! 보조자료 활용하기

- 친구에 대해 더 잘 알려주기 위해 보조자료를 활용하면 좋겠지? 소개할 친구의 모습이 담긴 사진 등 친구의 특징을 나타낼 수 있는 다양한 보조자료를 생각해 봐.

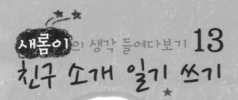

우선 민희의 겉모습, 즉 외모부터 소개해 보자. 외모를 소개할 때는 그림 그리듯 자세히 설명해 주는 묘사 방법이 좋겠어. 또 사진을 붙이면 더 생생한 소개가 되겠지?

다음은 민희의 성격을 소개해야지. 시원시원하고 밝은 민희의 성격은 무엇에 비유하면 좋을까?

아 참, 시원시원한 꽃 해바라기에 비유해야겠다. 민희는 해바라기처럼 키도 크니까 딱 맞아. 딱!

이제 민희가 잘하는 것을 소개해야지. 그림도 잘 그리고, 이야기도 잘하고, 잘하는 게 많네. 그래! 여자이지만 축구를 잘해서 여자아이뿐만 아니라 남자아이들에게도 인기가 많은 민희에 대해 이야기해야지.

봄과의 이별을 아쉬워하는 봄비에
꽃잎 눈물이 뚝뚝

제목 : 해바라기 민희, 민희바라기 새롬.

짝을 바꾸는 날이었다. 민희와 짝이 되고 싶어서 얼마나 긴장했는지 모른다. 두근두근 쿵쾅쿵쾅 심장이 마구 뛰었다. 내 바람이 통했는지 민희와 또다시 짝꿍이 되었다. 민희는 내 단짝 친구이다. 작년에 전학 와서 처음 만난 민희는 마치 해바라기 꽃 같았다. 큰 키에 동그랗고 큰 눈, 길쭉길쭉 긴 팔과 다리 시원시원한 모습이 활짝 핀 해바라기 같이 보였다.

 민희는 겉모습뿐만 아니라 성격 또한 해바라기 같았다. 처음 낯선 곳에 와서 적응하지 못하는 나에게 먼저 다가와 인사를 해 주고, 말도 걸어준 친구가 바로 민희이다. 민희는 특유의 시원시원한 성격으로 낯을 많이 가리는 나의 마음을 활짝 열게 해 주었다. 언제나 하늘을 보고 활짝 웃고 있는 싱그러운 해바라기처럼 민희는 나뿐만 아니라 다른 친구들에게도 항상 밝은 모습으로 기분 좋게 해 주는 친구이다.

 민희는 잘하는 것도 많아 부러운 친구이기도 하다. 그림도 잘 그리고 이야기도 재미있게 잘해 민희 주변에는 친구들이 항상 모여 있다. 그뿐만 아니라 주로 남자아이들이 잘하는 축구도 잘해 남자아이들 사이에서도 인기가 좋다. 오늘도 민희는 남자아이들 틈에서 멋진 골을 넣었다. 이렇게 멋진 친구 민희와 단짝이라는 게 무척 자랑스럽다. 나도 민희처럼 많은 친구에게 웃음을 주고 밝은 기운을 팍팍 주는 좋은 친구가 되고 싶다. 해바라기를 닮은 민희, 나는 앞으로 민희를 닮아가는 민희바라기가 될 것 같다.

내가 좋아하는 것과 싫어하는 것 소개 일기 쓰기

체육 시간에 달리기를 해서 그런지 일찍부터 배가 고팠어. 그래서 밥 먹으라는 엄마의 소리가 들리기도 전에 주방으로 갔지.

"오늘 저녁 메뉴는 뭐예요?"

"신선한 봄나물 무침~"

"에이~ 나는 나물 싫은데……."

"나물이 왜 싫어? 제철에 나는 나물이 얼마나 맛있는데~ 이제 봄도 다 지나가서 올해 봄나물 먹기 힘들 텐데 한 번 먹어봐. 향긋한 봄 향기에 봄이 다시 찾아 온 느낌일 걸~"

"와~ 오늘 식탁에 봄이 왔네. 맛있겠는걸."

아빠는 나와 달리 봄나물 밥상이 마음에 들었나 봐. 봄나물을 보시더니 싱글벙글 미소가 떠나지 않으셨어.

"그래도 나는 고기가 좋은데. 고기 없으면 달걀부침이라도 해 주면 안 돼요?"

"그냥 먹어. 골고루 먹어야지. 매일 너 좋아하는 것만 먹으면 안 돼."

"새롬아 한 번 먹어봐. 얼마나 맛있는데."

아빠는 내 마음은 아랑곳하지 않고 나물을 한 움큼 집어 입에 넣으셨어.

"새오야~ 밥 먹자."

나는 오빠한테 희망을 걸었어. 오빠도 나물 따위 싫어할 거고, 아마도 김이나 달걀부침을 찾겠지? 분명 내 편이 되어줄 거라 확신했어. 그런데 이게 웬일!!! 오빠는 두 말도 안 하고 밥을 먹기 시작했어.

"이것 봐. 오빠도 이렇게 잘 먹는데 새롬이 너도 빨리 먹어."

나는 괜히 오빠한테 배신감이 느껴졌어.

"치, 밥 안 먹을래요!!!"

"뭐? 그래. 먹지 마. 쫄쫄 굶어봐야 배고픈 줄 알지."

밥을 안 먹는다고 하면 당장 달걀부침을 해 줄 거로 생각했는데 내 생각과는 다르게

엄마는 내 밥그릇을 빼앗아 갔어. 나는 어쩔 수 없이 자리에서 일어났지.

"새롬아, 한 번 먹어봐. 얼마나 맛있는데. 여보, 얼른 새롬이 밥 줘."

"신새롬, 너 밥 먹을 거야. 안 먹을 거야?"

'그냥 지금이라도 먹는다고 할까?'라는 생각이 들었지만, 왠지 자존심이

상했어.

"안 먹어요."

"그래, 그럼 먹지 마."

"에이, 새롬아, 먹어 봐."

아빠의 말에 슬그머니 자리에 앉으려고 하는데 엄마가

"그럴 거 없어. 먹기 싫으면 먹지 마. 당신도 그만 해요. 먹기 싫다잖아요.

이번 기회에 편식하는 나쁜 버릇 고쳐야 해."

라고 말하는 거야. 나는 어쩔 수 없이 숟가락을 놓고 방으로 들어갔어.

'꼬르르르르르륵, 꾸르르르르르륵'

뱃속에서 밥을 넣어 달라고 요동을 쳤어.

"아우, 시끄러워. 신새롬! 이거 네 뱃속에서 나는 소리야?"

"응, 저녁 안 먹었거든."

"왜?"

"내가 싫어하는 반찬만 있잖아."

"싫어하는 반찬만 있다고 안 먹으면 어떻게 해. 이 오똑맨을 봐. 그동안 네가 항상 맛없는 글만 줬지만 잘 받아먹었잖아."

"뭐라고?"

"나를 만나기 전에 네 일기를 생각해 봐. 매일 매일 똑같은 단어와 문장. 얼마나 맛없었는지 알아?"

"아하, 그 얘기야. 그래도 요즘은 맛있게 먹을 수 있도록 해 주잖아."

'꼬르르르륵 꾸우욱~~~'

"새롬이 너 진짜 심각하구나."

"응 너무 배고파. 오똑맨 나, 이대로는 일기 못 쓸 것 같아. 얼른 나가서 몰래 밥 먹고 올게."

나는 살금살금 방을 빠져나와 주방으로 들어갔어. 밥통을 열어 밥을 푸고 냉장고를 열었지. 냉장고에는 날 괴롭게 했던 봄나물들이 들어 있었어. 그런데 아까는 그렇게 먹기 싫던 나물들이 너무 맛있게 보이는 거야. 나는 봄나물을 꺼내 밥그릇에 대충 담았어. 그리고 싹싹 비벼서 한 입 크게 먹으려는 순간 주방 불이 딱 켜졌지 뭐야. 나는 입을 크게 벌린 채 엄마와 눈이 마주쳤어. 그 모습이 웃겼는지 엄마는 살짝 흘겨보시더니 깔깔깔 웃으셨어.

"신새롬 밥 안 먹겠다더니!"

"너…………너무 배가 고파서…………."

나는 너무 창피해서 쥐구멍에라도 들어가고 싶은 심정이었어.

"천천히 먹어 급하게 먹다가 체해."

"네."

나는 엄마의 허락이 떨어지기가 무섭게 밥을 먹기 시
작했어. 향긋한 봄나물 향기가 아주 좋았지.

"어때? 맛있지?"

"네, 엄마 나물이 이렇게 맛있는 줄 몰랐어요."

"달걀부침 해줘?"

"아니요. 나물이랑만 먹어도 맛있어요."

"새롬아, 좋아하는 것만 먹으려고 하지 말고, 골고루
먹으려고 노력해봐."

"네. 쩝쩝쩝"

향긋한 봄나물이랑 밥 한 그릇을 뚝딱 먹고 나니 좀 기운이 나는 것 같았어.

"이제야 살겠네. 오똑맨, 이제 일기 쓸 준비 됐어."

"꼬르륵거리며 부리나케 뛰어나가더니 이제 좀 괜찮아?"

"응, 봄나물 생각보다 맛있더라고. 괜히 안 먹는다고 투정부렸어."

"아, 봄나물이란 게 새롬이 네가 싫어하는 반찬이었어? 왜? 이름도 예쁜데. '봄나물
~' 왠지 맛있을 거 같은데?"

"응, 내가 잘 안 먹어 본 음식이라 맛없을 거라는 편견을 가지고 있었지. 막상 먹어보
니까 맛있더라고. 괜히 안 먹는다고 투정부리다가 혼이나 나고 쫄쫄 굶었지 뭐야."

"그럼, 새롬이 네가 좋아하는 반찬은 뭔데?"

"나는 불고기, 소시지, 햄, 달걀 음…… 또 갈비, 생선구이……."

"그만 그만, 이러다 일기도 못 쓰고 날 새겠어. 그만하고 남은 건 오늘 일기에 쓰도록
하자."

"일기에 내가 좋아하는 반찬을 쓰라고?"

"응, 오늘 일기는 새롬이 네가 좋아하는 것과 싫어하는 것을 소개하는 일기를 써 보자."

"좋아하는 것과 싫어하는 것?"

"꼭 음식이 아니어도 괜찮아. 좋아하는 과목과 싫어하는 과목이어도 좋고, 좋아하는 계절과 싫어하는 계절도 괜찮겠지. 한 가지 주제가 아니어도 좋아. 다양한 분야에서 좋아하는 것과 싫어하는 것을 소개해 줘. 당연히 그 이유도 함께 써야겠지?"

"그거 재미있겠는걸. 내가 좋아하는 것과 싫어하는 것은 얼마든지 쓸 수 있지. 빨리 일기 비법카드를 봐야겠다."

– 내가 좋아하는 것과 싫어하는 것
소개 일기 쓰기 –

첫째! 주제 정하기
좋아하는 것과 싫어하는 것을 소개하려면 일단 주제를 정해야겠지? 계절, 과목, 음식, 색깔 등 주제를 정하는 게 우선이야. 한 가지 주제만 정할 필요는 없고 다양한 주제로 소개해도 괜찮아.

둘째! 주제별 내용 생성하기
주제를 정했다면 각각 주제별로 좋아하는 것과 싫어하는 것을 나누어 보자.

셋째! 구체적 이유 생각하기
주제별로 좋아하는 것과 싫어하는 것을 정했다면 그 구체적 이유를 생각해 봐. 참, 싫어하는 것을 소개할 때는 그것을 극복하려는 노력을 같이 이야기하면 더 좋겠지?

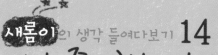

내가 좋아하는 것과 싫어하는 것 소개 일기 쓰기

일단 주제를 생각해보자.
오늘 있었던 일을 바탕으로 쓰려면
우선 음식을 주제로 정하는 게 좋겠지?

음식 말고 또 다른 주제는 없을까?
내가 좋아하는 것과 싫어하는 것을
다양하게 소개하고 싶으니까 과목도
주제에 추가해야겠다.

주제별로 내용을 생성해 볼까?
좋아하는 음식은 불고기!
싫어하는 음식은 나물과 김치!
좋아하는 과목은 국어, 싫어하는 과목은
체육!

주제별 내용에 대한 구체적
이유를 생각해 보자. 불고기를
좋아하는 이유는 달콤하고 짭조름 한
양념이 맛있고 …….

제목 : 좋아😄 싫어😣

 향긋한 봄나물이 나를 울린 날이다. 저녁 반찬은 봄나물이었다. 나물은 내가 싫어하는 반찬이다. 불고기, 갈비, 소시지, 햄, 달걀 등 내가 좋아하는 반찬이 이렇게 많은데 하필 나물이 저녁 반찬이라니…… 정말 실망스러웠다. '엄마는 내가 좋아하는 음식과 싫어하는 음식을 모르시나?' 하는 생각이 들었다. 그래서 오늘은 내가 좋아하는 것과 싫어하는 것을 다양하게 소개해 보려고 한다.

 우선 엄마를 위해 내가 좋아하는 음식과 싫어하는 음식을 소개해 보겠다. 나는 반찬 중 불고기를 가장 좋아한다. 불고기는 내가 좋아하는 고기가 주재료이고, 달콤하고 짭조름한 양념 맛이 일품이기 때문이다. 또 불고기에 들어간 고기는 부드럽고 고소하다. 하지만 나물은 풀 냄새가 나는 것 같고, 왠지 쓸 것 같아 젓가락이 가지 않는다. 그런데 오늘 봄나물을 먹어보니 내 생각과 달리 향긋하고 고소했다. 그동안 나물에 대한 편견이 있었던 것 같다. 제대로 먹어보지도 않고 '맛없을 거야' 라고 생각했던 것이 잘못이다. 앞으로는 싫어하는 음식이라고 무조건 멀리하지 말고 먹어보도록 노력해야겠다는 생각이 들었다.

 다음으로 선생님을 위해 과목을 소개하자면 내가 좋아하는 과목은 국어이다. 읽기 교과서에는 다양한 이야기가 많이 나와서 참 좋다. 읽기 교과서를 읽고 있으면 동화책이나 위인전을 읽는 듯한 느낌이 들 때도 있다. 또한 듣·말·쓰 수업 때는 친구들의 다양한 생각을 들을 수 있어서 재미있다. 하지만 체육은 정말 싫다. 나는 공이 무섭고 뛰는 것을 싫어한다. 그런데 체육 시간에는 주로 공을 이용하거나 아니면 뛰는 수업을 할 때가 많다. 뛰는 것에 자신 없는 나는 느림보가 된 기분이고, 공이 대포알처럼 느껴져 체육시간이 아니라 공포시간인 것 같다. 그런데 오늘 이런 생각이 들었다. 미리 '맛없을 거야' 생각하며 피했던 봄나물이 막상 먹어보니 굉장히 맛있었던 것처럼 체육도 내가 미리 겁먹고 무서워해서 더욱 싫었던 것이 아닐까? 만약 내가 좀 더 당당하고 자신감 있게 체육시간을 맞이한다면 어쩜 체육도 봄나물처럼 달콤해질 수도 있지 않을까? 체육이랑 친해질 자신은 없지만, 앞으로 미리 겁먹고 무서워하지 말고 당당하고 자신감 있게 체육시간을 맞아볼 생각이다. 체육아! 덤벼!!!

나의 꿈 소개 일기 쓰기

"어? 민식이잖아."

이게 웬 횡재. 학원 끝나고 집에 가는 길에 민식이를 봤어. 그런데 민식이가 좀 이상했어. 놀이터 한쪽 구석에서 누구랑 얘기하고 있는 거야. 민식이한테 다가가기가 조금 부끄러워 그냥 갈까 하다가 민식이랑 친해질 기회이기도 하고 누구랑 이야기하고 있는지 궁금하기도 해서 용기를 내 민식이에게 말을 걸어보기로 했어.

"김민식! 너 여기서 뭐 해?"

"어? 김민희랑 껌딱지처럼 붙어 다니는 신새롬이잖아. 조용히 해. 놀라겠어."

역시 민식이는 까칠했어. '반갑게 인사해 주면 어디가 덧나냐?'라고 말하고 싶었지만 차마 입이 떨어지지 않았어. 그 순간 민식이의 다정한 목소리가 내 귀에 달콤하게 들어왔어.

"너희 집이 어디야? 응? 주인은 어디 있는데? 형아가 주인 찾아줄게. 어디 다친 거야?"

나는 민식이가 다정하게 말을 걸고 있는 대상이 누군지 궁금했어. 민식이가 쪼그리고 앉아 바라보고 있는 쪽으로 눈을 돌리니 길 잃은 강아지가 풀 죽은 채 엎드려 있었어. 길을 잃은 지 꽤 오래되었는지 털 여기저기가 지저분하게 엉겨 붙어 있었어.

"민식아, 이 강아지 뭐야?"

"몰라, 주인을 잃어버렸나 봐. 놀이터에서 놀고 있는데 깽깽거리는 소리가 나서 와보니 이 강아지가 이렇게 누워 있잖아. 어디 아픈 것 같은데……. 그치? 힘이 없어 보이지?"

"응. 배가 고픈 건가?"

"그런가? 신새롬 너 돈 좀 있어?"

"돈? 응 천 원 있는데. 왜?"

"나 돈 좀 빌려줘. 나는 용돈이 다 떨어졌거든. 내일 용돈 받으면 갚을게. 그 돈으로 우유 하나만 사다 줄래?"

"어? 우유? 어 알았어."

처음 듣는 민식이의 다정한 말에 나도 모르게 그러겠다고 했지 뭐야.

'강아지한테 우유를 먹이려나 보네? 까칠이 김민식한테 저렇게 따뜻한 면이 있었네.'

그러다가 문득 예전에 봤던 강아지가 생각이 났어. 슈퍼 앞에서 꽁꽁 얼어붙어 있었던 강아지. 나는 그 강아지를 보고 불쌍하다고는 생각했지만, 그냥 지나쳤는데 민식이는 저렇게 지저분한 강아지를 쓰다듬어 주고, 우유도 먹이려고 하고 있잖아. 갑자기 그때 그 강아지에게 미안한 마음이 들었어.

'꽁꽁 얼어붙어 있었던 그 강아지는 어떻게 되었을까? 불쌍한 강아지. 그때 나 같이 못된 아이 말고 민식이처럼 따뜻한 아이를 만났다면 좋았을걸.'이라는 생각이 들었어.

'에이~ 지나간 일은 생각하지 말고, 지금 놀이터에 엎드려 있는 불쌍한 강아지만 생각하자.'

나는 딴생각을 하지 않으려고 고개를 저으며 슈퍼로 뛰어갔고, 우유를 사서 강아지에게로 갔어. 강아지는 여전히 기운 없이 누워있었고, 민식이는 그런 강아지가 안쓰러워 죽겠다는 표정으로 쓰다듬고 있었어.

"민식아, 여기 우유 사왔어."

"응, 고마워."

민식이가 우유를 뜯어서 먹여주자 강아지는 허겁지겁 우유를 먹기 시작했어.

"배가 무척 고팠나 봐. 그치?"

"응, 며칠을 굶은 거야? 에고 불쌍해. 이 형아가 진작 발견하지 못해서 미안해. 우쭈쭈."

민식이의 이런 모습은 처음 봐서인지 왠지 웃음이 났어. 강아지는 우유를 다 먹고 기운을 차리는 듯했지만 여전히 일어나지는 못했어.

"왜 이러지? 어디 다쳤나?"

민식이는 강아지를 들어 여기저기를 살폈어.

"어? 민식아, 여기! 강아지 뒷다리가 이상하지 않아? 전혀 힘을 못 쓰고 축 늘어져 있잖아."

"어? 그러네. 뼈가 부러졌나? 새롬아, 어떻게 하지?"

"아! 동물병원!!! 요 앞에 동물병원 생겼는데 거기에 데리고 가 볼까? 동물병원 문 앞에 유기견 치료도 해 준다고 쓰여 있었어. 내가 분명히 봤어."

"뭐? 야! 신새롬! 너 그 얘길 왜 이제야 해? 진작 했어야지!!! 빨리 가자."

민식이와 나는 강아지를 안고 동물병원으로 뛰어갔어.

"선생님, 의사 선생님."

우리는 동물병원에 도착해 다급하게 선생님을 찾았지.

"응? 무슨 일이야?"

"놀이터에서 만난 강아지인데 좀 이상해요. 일어나지도 못하고 아예 다리를 못 쓰는 것 같아요."

민식이의 말에 선생님은 강아지를 여기저기 살펴봤어.

"다리가 부러졌구나. 에구구 많이 아팠겠네. 빨리 고쳐줄게. 조금만 기다려."

의사 선생님은 강아지를 보고 다정하게 웃으며 말씀하셨어. 그 모습이 정말 따뜻해 보였어. 꼭 하늘에서 내려온 천사처럼 보였어.

"이 불쌍한 아가를 데려와 준 귀여운 꼬마 천사들 정말 고마워. 치료하려면 시간이 조금 걸리니까 걱정하지 말고 집에 가 봐도 돼."

"저⋯⋯. 돈은 내일 드리면 안 될까요? 내일 용돈 받는 날이어서요. 지금은 돈이 하나도 없어요."

민식이는 머리를 긁적이며 말했어.

"돈은 안 내도 돼. 이 강아지 네 강아지 아니고 유기견이잖아. 요즘 유기견들이 너무 많아서 이 선생님이 유기견들은 무료로 치료해 주기로 결심했거든. 선생님이 치료해 주고, 주인 찾아줄게. 돈 걱정은 하지 않아도 돼."

"정말요? 감사합니다. 선생님."

돈은 안 내도 된다는 선생님

의 말씀에 민식이와 나는 반색을 하며 꾸벅 인사를 했어. 내일 강아지를 보러 와도 된다는 선생님의 말씀에 내일 꼭 다시 오기로 하고 동물병원을 나섰지.

"민식아, 정말 뿌듯하다 그치?"

"응, 정말 다행이야."

"그런데 너 의외의 면이 있다. 동물들한테는 엄청 따뜻하네. 여자애들한테는 엄청 까칠하면서."

"내가 그랬나? 히히. 저렇게 버려진 동물들……. 불쌍하잖아. 나도 동물병원 의사 선생님처럼 저렇게 불쌍한 동물들 도와주는 사람이 될 거야. 그나저나 신새롬 너 내일 강아지 보러 올 거지?"

"응, 당연히 와 봐야지."

"그럼 학교 끝나고 같이 오자. 내일 아까 봤던 놀이터에서 만나. 알았지. 난 간다. 잘 가라."

민식이는 잘 가라는 인사를 남기도 뒤도 안 돌아보고 뛰어갔어. 그나저나 내일이 너무 기대돼. 강아지도 보고, 민식이도 보고. 나는 날아갈 것 같은 마음으로 집에 왔지.

"오똑맨~~"

"어이~ 신새롬~ 요즘은 먼저 나를 찾는 일이 부쩍 많아졌어. 일기 쓰기 그렇게 싫어 하더니. 좋은 현상이야."

"응, 오늘 아주 신 나는 일이 있었거든."

나는 오똑맨에서 민식이와 있었던 일에 대해 신이 나서 이야기했지.

"오똑맨, 그런데 나도 동물들을 치료해 주는 의사 선생님이 되고 싶다는 생각이 들었어. 이건 절대 민식이 때문이 아니야. 아까 아픈 동물을 치료해 주는 선생님을 봤는데 마치 천사처럼 느껴졌어. 나도 그렇게 약한 동물들을 도와주고 싶다는 생각이 팍팍

들더라고."

"오~ 신새롬~ 의외로 따뜻한 면이 있어. 그럼 오늘은 네가 갖게 된 꿈을 소개하는 일기를 쓰면 되겠다."

"좋아. 시작해 보자."

– 나의 꿈 소개 일기 쓰기 –

첫째! 꿈을 갖게 된 이유 소개하기

우선 너의 꿈을 갖게 된 이유에 관해 이야기 해 봐. 단순히 이유를 소개하는 것보다는 그런 꿈을 갖게 된 계기가 되는 경험을 함께 이야기하면 좋겠지?

둘째! 꿈을 이루기 위한 노력 쓰기

다음으로는 꿈을 이루기 위해 어떤 노력을 할 것인지 써 보는거야. 이렇게 구체적 노력을 써 보면 너의 꿈에 더 가까이 가게 되지 않을까?

셋째! 꿈을 이룬 뒤 하고 싶은 일 쓰기

단순히 '꿈을 이루겠다.'라고만 하면 안 되겠지? 꿈을 이룬 뒤 어떤 일을 하고 싶은지 구체적으로 계획해 두는 것이 좋아. 예를 들어 단순히 '의사'를 꿈으로 생각하지 말고 '어떤 의사'가 될지를 생각해 보라는 거야. '약한 사람들을 도와주는 의사, 돌봐줄 사람이 없는 할머니, 할아버지들을 무료로 치료해 주는 의사'처럼 말이야.

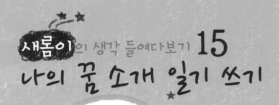

나의 꿈 소개 일기 쓰기

내 꿈은 동물들을 치료해 주는 수의사가 되는 거야. 꿈을 갖게 된 이유는 오늘 겪은 일을 바탕으로 쓰면 되겠다.

수의사라는 꿈을 이루기 위해 지금부터라도 동물들에게 더 많은 관심을 갖고 책도 많이 읽어야겠어.

수의사라는 꿈을 이룬 뒤 오늘 본 의사 선생님처럼 길 잃은 동물들을 치료해 주는 따뜻한 마음을 가진 의사가 되고 싶어.

유기견들의 수호천사 신새롬! 나의 꿈을 이렇게 정하고 꿈 소개 일기를 써 봐야지.

제목 : 유기견들의 수호천사 신새롬

학원이 끝나고 집에 오는 길 놀이터에서 단짝 친구 민희의 쌍둥이 동생인 민식이를 봤다. 민식이는 주인 잃은 강아지 한 마리를 돌보고 있었다. 강아지는 매우 배고파 보였고, 아파 보였다. 우리는 지친 강아지를 위해 우유를 사다가 주었지만, 강아지의 상태는 많이 나아지지 않았다. 민식이가 강아지를 들어 자세히 살펴보니 뒷다리가 이상해 보였다. 우리는 서둘러 근처 동물병원으로 강아지를 데리고 갔다. 수의사 선생님은 강아지 다리의 뼈가 부러졌다고 하며 잘 치료해 줄 테니 걱정하지 말라고 말씀하셨다. 치료비가 없는 민식이가 걱정을 하자 선생님은 치료비는 받지 않는다고 말씀하시면서 이렇게 주인을 잃은 유기견들을 치료해 주는 것이 선생님의 일이라고 하셨다. 그렇게 말씀하시면서 따뜻한 눈으로 강아지를 바라보시는 의사 선생님의 모습이 천사처럼 보였다. 그 순간 나는 강아지의 한없이 편안한 표정을 봤다. 선생님께서 마치 지친 강아지에게 새 생명을 불어넣어 주신 것 같았다. 선생님의 모습을 보면서 나도 선생님 같은 수의사가 되고 싶다는 생각이 들었다. 갑자기 정한 꿈이지만 이 꿈을 위해 지금부터라도 열심히 노력할 것이다. 앞으로 동물들에게 더욱 관심을 가지고 동물들과 관련된 책도 많이 읽을 생각이다. 또 기회가 되는대로 수의사가 되는 데 필요한 것을 찾아보고 미리미리 준비하려고 한다.

수의사가 되어서 동물들을 치료해 주면서 오늘 만난 의사 선생님처럼 길을 잃거나 주인을 잃은 유기견들을 돌봐주는 일을 할 것이다. 요즈음 동물을 키우는 사람들이 많아지는 만큼 유기견들도 많아졌다고 한다. 사람들의 무책임한 행동 때문에 버려진 많은 강아지를 돌봐주어, 유기견들의 몸의 상처뿐만 아니라 마음의 상처도 치료해 주고 싶다. '유기견들의 수호천사 신새롬 선생님!' 이 되어 동물을 무책임하게 버리는 많은 사람에게 동물들도 감정이 있고, 아픔을 느낀다는 것을 이야기해 주고 싶다.

2. 생활 일기

"아하암~~~ 민희야, 점심 먹고 났더니 진짜 졸리다. 그치?"

"응, 5교시 수업이 뭐더라?"

"잠깐, 시간표 볼까? 으악, 사회다."

"뭐? 사회? 어떻게 하냐? 가뜩이나 졸린데⋯⋯."

"그러게 말이야. 사회 수업⋯⋯. 완전히 자장가겠다."

가뜩이나 점심 먹고 잠이 솔솔 오는데 '사회'라는 말을 들으니 잠이 더 확 오는 것 같은 느낌이었어. 민희와 마주 보고 입이 찢어지라고 하품을 하는데 종이 울리고 선생님께서 들어오셨지. 아니나 다를까 수업이 시작하자마자 선생님의 목소리는 자장가로, 책상은 침대로 느껴지는 거야. 눈꺼풀은 점점 천근만근으로 느껴지고, 정신은 꿈나라로 갈 준비를 마쳤을 때 갑자기 내 귓속으로 잠을 확 깨우는 단어가 들어왔어.

'제주도에서는 ⋯⋯.'

'제주도???'

'제주도'라는 말을 듣자마자 꿈나라로 여행갈 준비하던 정신은 제 자리를 찾았고, 눈꺼풀도 깃털처럼 가벼워졌어. 지금까지 별로 여행은 많이 다니지 않았지만 아무튼! 가장 기억에 남는 여행지가 바로 제주도였고, 다시 가보고 싶은 곳도 바로 제주도이거든. 내가 좋아하는 제주도 이야기에 잠은 어느새 멀리 달아나버렸어. 선생님께서는 제주도 집의 특징에 대해 설명해 주셨고, 이어 울릉도 집의 특징에 대해서도 설명해 주셨지. 관심이 있는 곳이어서인지 그 지루했던 사회가 귀에 쏙쏙 들어오지 뭐야. 그렇게 길 것만 같았던 사회 시간이 후딱 지나가 버렸어.

"민희야, 나 이번 사회 시간에는 안 졸았어."

"새롬이 너도? 나도!!! 선생님께서 갑자기 제주도 얘기를 하시는데 잠이 확 달아나지 뭐야. 어렸을 때 민식이랑 이모들이랑 할머니랑 제주도 갔었는데 엄청나게 재미있었거든. 다시 가고 싶다 제! 주! 도!"

"뭐야? 민희 너도 그랬어? 나도 막 잠이 오려 하는데 '제주도'라는 소리에 잠이 확 깼는데. 역시 우리는 단짝이야. 크크크"

"그러게. 새롬이 너도 제주도 가봤어?"

"응, 나도 어릴 적에 가봤는데 다시 한 번 꼭 가보고 싶어. 다음에 갈 때는 민희 너랑 같이 가면 좋겠다."

"그래, 우리 꼭 같이 가자."

나는 뒤에 '민식이도'라는 말을 하고 싶었지만 꾹 참았어. 아무튼 제주도 덕분에 모처럼 사회 시간이 재미있었어.

집으로 돌아와 엄마께 사회 시간에 들은 제주도 얘기를 해 드렸어. 제주도의 집 지붕이 밧줄로 묶인 이유와 돌담에 관해서도 이야기해 드렸어. 엄마는 내 얘기보다 내가 수업시간에 수업을 열심히 들었다는 사실이 기쁘셨나 봐. 대견하시다면서 내가 좋아하는 떡볶이를 해 주셨어. 수업도 재미있게 듣고, 떡볶이도 먹고! 오늘은 왠지 뿌듯한 하루가 된 것 같아. 맛있게 떡볶이를 먹고, 당당하게 일기를

쓰러 방으로 들어갔어.

"오똑맨~ 난 오늘 일기 쓸 준비 됐어."

"오늘은 웬일이야. 이렇게 당당하게 일기를 쓰자고 하고?"

"오늘 뿌듯한 하루를 보냈거든."

"수업 열심히 들은 거? 그래서 엄마가 칭찬하시면 떡볶이인가 뭔가 해 준 거?"

"헐!!! 어떻게 그렇게 잘 알아? 저기 오똑맨 너 혹시 초능력 같은 것도 쓰는 거야? 그러면 진작 얘기해 주지 그랬어. 초능력 쓸 줄 알면 나 똑똑하게, 아니 아니 예쁘게 좀 만들어 줘라."

"신새롬 양, 그건 내가 초능력이 있어도 불가능한 일 같은데?"

"뭐야?"

"하하하 농담이야 농담. 그리고 나 초능력 같은 거 없어. 내가 초능력이 있으면 왜 네 일기장을 하고 있겠냐? 아까 새롬이 네가 얼마나 흥분해서 큰 소리로 이야기하던지 여기까지 아주 생생하게 다 들렸단다."

"아, 그래? 난 또⋯⋯. 초능력 있는 줄 알고 괜히 기대했네⋯⋯."

"초능력은 없지만 일기 비법을 가지고 있잖아. 너무 실망하지 마."

"맞아 맞아, 내 소중한 일기 비법 카드! 그걸 잊고 있었네. 오늘은 어떤 일기 비법을 소개해 줄 거야?"

"오늘은 들은 것 일기 쓰기!!!"

"들은 것 일기 쓰기?"

"응, 일기는 본 것, 들은 것, 느낀 것, 생각한 것을 중심으로 쓰면 된다고 했던 것 기억나?"

"그러엄~ 당연하지."

"하루 동안 내가 보고 듣고 느끼고 생각한 것을 잘 정리하면 '일기 쓸 내용이 없어!'라는 말이 안 나올걸! 오늘은 수업을 잘 들은 것 같으니까 수업 시간에 들은 내용을 바탕으로 일기 쓰기를 해 보자. 수업 시간에 들은 내용을 정리해 보고, 느낀 점을 써 보는 거야. 어때? 할 수 있겠지?"

"응, 그럼 일기 비법 카드를 만나볼까?"

나는 안테나 머리띠를 썼고, 내 눈 앞에는 열여섯 번째 일기 비법 카드가 나타났어.

✳오뚝맨의✳ 일기 비법카드 {16}

– 들은 것 일기 쓰기 –
수업 시간에 들은 내용 중 기억에 남는 것

첫째! 수업 시간에 들은 내용 중 가장 기억에 남는 것 정하기
- 하루 동안 들었던 수업을 생각해 봐. 그중 가장 기억에 남는 걸 소재로 정하자.

둘째! 새롭게 알게 된 것 정리하기
- 위에서 선택한 내용을 통해 새롭게 알 게 된 깨달은 점을 정리해 보는 거야.

셋째! 느낀 점 정리하기
- 깨달은 점과 함께 느낀 점을 써 준다면 더 멋진 일기가 될 거야.

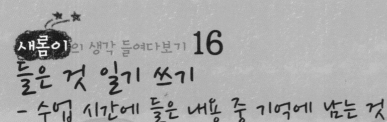
들은 것 일기 쓰기
- 수업 시간에 들은 내용 중 기억에 남는 것 -

오늘 수업 시간에 들은 내용 중
가장 기억에 남는 내용은
뭐니뭐니해도 제주도에 관한 내용이야.
참, 울릉도도
빼놓을 수 없지.

제주도와 울릉도의 집이 그 지역의
기후에 맞게 지어진 집이라는 것을
알았어. 그리고 우리 조상들의
지혜가 놀라웠지.

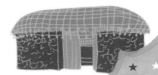

지붕 하나에도 우리 조상들의
지혜가 담겨 있다고 생각하니
그동안 우리 전통 문화를 조금 촌스럽다고
생각한 게 부끄러웠어. 앞으로 우리 것을
더 소중하게 생각해야겠어.

참, 사회는 항상 지겹다고만
생각했는데 오늘은 재미있게
느껴졌어. 역시 모든 일은
마음먹기에 달려있나 봐.

제목 : 혼저옵서예~ 조상들의 지혜를 담은 제주도와 울릉도의 집

사회는 별로 좋아하지 않는 과목이다. '사회' 하면 지루하고 졸리고 따분하다는 생각이 먼저 든다. 그런데 오늘 사회 시간은 달랐다. 내가 좋아하는 제주도에 관한 이야기여서였을까? 사회가 재미있고 흥미 있게 느껴졌다.

우선 제주도는 화산에 의해 형성되어 돌이 많고, 바람이 많이 부는 게 특징이라고 한다. 선생님께서 제주도 전통 가옥의 사진을 보여주셨는데 무척 신기했다. 돌을 이용해 만든 담은 매우 낮았고, 지붕은 마치 벌집처럼 밧줄로 꽁꽁 묶어 놓았다. 담을 돌을 이용해 쌓은 이유는 화산으로 돌이 많이 형성되었기 때문이고, 지붕을 밧줄로 꽁꽁 묶어둔 이유는 바람 때문이라고 한다. 제주도는 바람이 많이 불어 지붕이 날아가지 않도록 밧줄로 묶어 놓은 것이다. 제주도의 이야기에 이어 울릉도의 이야기도 흥미로웠다. 지금까지 울릉도는 그냥 '오징어와 호박엿이 맛있는 곳!' 이라고 알고 있었는데 울릉도에 대해 새로운 점을 많이 알게 되었다. 먼저 울릉도는 눈이 많이 내리는 지역이라고 한다. 그래서 눈이 집 안으로 들어오지 못하도록 억새로 이엉을 엮어 벽을 둘러 준다고 한다. 이러한 것을 우데기라고 하는데 마치 집에 옷을 입힌 것으로 보였다. 울릉도에 가게 되면 우데기 옷을 입은 전통 가옥을 꼭 보고 싶었다.

그동안 우리 전통문화는 왠지 촌스럽게 느껴졌다. 하지만 집을 지을 때도 기후에 맞게 지혜를 담아 짓는 우리 조상들의 모습을 보니 우리 전통문화가 자랑스럽게 느껴졌다. 앞으로는 우리 것에 대해 더 관심을 가지고 더 많이 공부해야겠다는 생각이 들었다. 그리고 또 한 가지! 항상 지루하게만 느껴졌던 사회가 오늘은 무척 흥미로웠다. 내가 관심을 가지고 즐겁게 공부하니 지루한 사회가 즐거운 사회가 된 것이다. 해골 물을 마신 원효대사 님의 말처럼 모든 일은 마음먹기에 달린 것 같다는 생각이 들었다. 어떤 일이든 항상 즐거운 마음으로 하자! 아자!

오후 내내 긴장하고 마음을 졸였더니 온몸에 힘이 쭉 빠지는 것 같은 기분이야. 무슨 일이냐고? 사건은 학원에 다녀와서 간식을 먹을 때 벌어졌어. 엄마가 해 준 맛있는 떡꼬치를 먹으면서 머리도 식힐 겸 오빠 방에 가서 컴퓨터를 켰지. 오빠가 있을 때는 어림없는 일이기 때문에 가끔 오빠가 없을 때 오빠 방에 몰래 들어가 컴퓨터를 하곤 해. 오늘은 오빠가 늦게 오는 날이어서 마음 놓고 오빠 방으로 들어갔지.

"신새롬! 왜 오빠 방으로 들어가?"

"컴퓨터 좀 하려고요."

"오빠 알면 난리 날 텐데……."

"그럼 내 방에 컴퓨터를 사 주세요. 그럼 나도 치사하게 오빠 몰래 컴퓨터 안 해도 되고 좋잖아요."

"아니야. 그냥 들어가서 실컷 해. 오빠 오면 엄마가 알려줄게."

내 방에도 컴퓨터를 사 달라는 말이 엄마의 약점인 걸 잘 알고 있기 때문에 오빠가 없을 때는 그 어떤 방해도 없이 오빠 방에 들어갈 수 있어. 떡꼬치를 맛있게 먹으며 컴퓨터를 켰어.

"숙제?"

그런데 컴퓨터에 '숙제'라는 이름의 새로운 파일이 있는 거야.

"치, 숙제는 무슨, 또 무슨 게임 받아 놓고 숙제라고 해 놨겠지. 뻔해."

나는 오빠의 비밀을 파헤치기 위해 숙제 파일을 열었어.

"어? 진짜 숙제인가 보네."

그런데 그때 떡꼬치가 키보드 위로 떨어졌지 뭐야.

"에이, 오빠 알면 난리 날 텐데 빨리 닦아야겠다. 휴지가 어디 있지?"

휴지를 찾아서 키보드를 깨끗하게 닦고 컴퓨터 화면을 봤어.

"악!!! 어디 갔어? 어디 간 거야!!!"

오빠의 숙제 파일이 감쪽같이 사라졌어. 키보드를 닦을 때 무언가 잘못 눌렀나 봐.

"어떻게 해. 큰일 났어. 아아악!!!"

"왜 그래? 무슨 일이야?"

내가 소리를 지르자 엄마가 깜짝 놀라 오빠 방으로 들어왔어.

"어떻게 해요. 내가 뭘 잘못 눌렀는지 오빠 숙제 파일이 없어졌어요."

"뭐? 잘 찾아봐. 어디 있겠지."

"아무리 찾아도 없어요. 어떻게 해요."

엄마의 도움을 받아 컴퓨터를 샅샅이 뒤졌지만 사라진 숙제 파일은 나오지
않았어.

"어쩔 수 없지. 오빠 오면 사실대로 말하고 진심으로 미안하다
고 사과해. 그리고 오빠 숙제 도와줄 거 있으면 열심히 도와
주고."

엄마는 어쩔 수 없다며 방을 나갔고, 나는 너무
당황해 눈물이 날 지경이었지. 그때부터 나는
문이 열리는 소리만 나면 심장이 두
근두근해 가슴이 터져버릴 것만
같았어. 얼마나 시간이 흘렀을

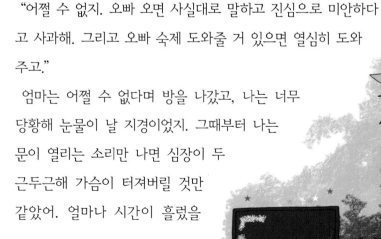

까? 드디어 오빠가 들어왔어. 오빠가 오자마자 엄마는 빨리 오빠에게 사실대로 말하라는 눈짓을 보냈지. 그런데 막상 말하려니 입이 떨어지지 않았어. 벌벌 떨고 있는 나를 보고 안쓰러웠는지 엄마가 나섰어.

"새오야, 오늘 새롬이가 컴퓨터 쓸 일이 있어서 네 방에서 컴퓨터 쓰다가 그만 네가 숙제해 놓은 걸 지워버렸지 뭐니. 일부러 그런 거 아니니까 너그럽게 이해해 주는 게 어떨까?"

"오……오… 빠 미안해. 내가 숙제 도울 거 있으면 도와줄게. 용서해 줘."

떨리는 마음으로 오빠한테 사과했어.

"숙제? 아~ 그 파일? 괜찮아! 이미 숙제 다 해서 학교에 냈어. 그리고 USB에 따로 저장해 놨어. 신새롬, 너 오빠 방에 함부로 들어오지 마라."

"어? 아…… 알았어."

오빠는 그 말만 남기고 내 머리를 살짝 쥐어박은 뒤 방으로 들어갔어. 나와 엄마는 서로 마주 보고 안도의 한숨을 쉬었지.

'괜! 찮! 아!' 이 한 마디가 얼마나 내 마음을 편하게 해 주었는지 몰라. 평소에는 아무렇지도 않게 하는 말인데 '괜찮아'라는 말 정말 고마운 말인 것 같아. 나는 싱글벙글해져 방으로 들어왔어.

"새롬아, 조금 전까지만 해도 얼어붙은 동태 같더니 갑자기 왜 이렇게 환해졌어?"

"뭐? 동태!!!"

"앗, 미안. 네가 꽁꽁 얼어붙어 있는 모습이 꼭 그렇게 보였거든."

"오뚝맨, 괜찮아. 그렇게 보일 수도 있지 뭐."

"어? 왜 이래? 갑자기 왜 이렇게 착해졌어?"

"나 앞으로 '괜찮아'라는 말 많이 하려고. 이 말 진짜 좋은 말이더라고."

나는 오뚝맨에게 오늘 오빠와 있었던 일에 대해 이야기해 주었어.

"아, 그런 일이 있었어? 아무튼 그 결심 얼마나 오래가는지 이 오뚝맨이 지켜보겠어!"

"응, 지켜봐. 그동안 '괜찮아' 라는 말이 이렇게 좋은 말인지 몰랐는데 이렇게 사람의 마음을 편하게 해 주는 말이라면 앞으로 얼마든지 할 생각이야."

"새롬아, 그럼 오늘은 들은 것에 대해 일기를 쓰면 되겠다."

"들은 것?"

"응, 오늘 네가 들은 말 중 가장 기억에 남는 말, 즉 '괜찮아' 라는 말에 대해 쓰는 거야. 그 말을 듣고 느낀 감정을 솔직하게 일기에 담으면 아주 멋진 일기가 될 것 같지 않니?"

"응, 좋아, '괜찮아' 라는 말을 듣고 깨달은 점을 일기에 써 놓고, 오늘 느꼈던 그 감정을 절대 잊지 않을 거야. 그럼 시작해 볼까?"

오똑맨의
일기 비법 카드
{17}

– 들은 것 일기 쓰기 2 –
오늘 들은 말 중 가장 기억에 남는 말

첫째! 오늘 하루 동안 들은 말 생각하기

연습장을 펼쳐 놓고, 오늘 들은 말 중 생각에 남는 말을 모두 써 봐. 아주 사소한 것이라도 좋아. 그리고 연습장에 써 놓은 말 중 기억에 남는 말이나 의미 있는 말에 동그라미를 해봐.

둘째! 어떤 상황에서 들은 말인지 정리하기

위에서 동그라미 친 말들은 어떤 상황에서 들은 말인지 생각해 봐.

셋째! 위의 말을 듣고 느낀 점 정리하기

기억에 남는 말을 듣고 느낀 점이나 생각한 점을 정리해 봐. 어떤 상황에서 어떤 말을 들었는데 어떤 생각이 들었는지 간략하게 정리해 보면 일기 쓰는 데 도움이 되겠지?

들은 것 일기 쓰기 2
- 오늘 들은 말 중 가장 기억에 남는 말 -

우선 오늘 들은 말 중 기억에
남는 말을 모두 써 보자.
머리띠 예쁘다. 숙제 했어? 내일 보자.
간식 먹자. 괜찮아.
사실대로 말 해.
오빠 방에 함부로
들어오지 마.

막상 써 보니 들은 말이 꽤 많네.
그 중 가장 기억에 남는 말은 당연히
내 실수를 덮어준 말
'괜! 찮! 아!' 지.

그럼 오늘 들은 말에 관해
정리해 볼까?
(1) 상황 : 오빠 방에서 몰래 컴퓨터를
하다가 오빠의 숙제 파일을 지움
(2) 어떤 말을 들었지? : 괜찮아.

(3) 어떤 생각이 들었지? :
오빠의 '괜찮아' 라는 말을 듣는
순간 마음이 정말 편해졌고,
안심이 됨. '괜찮아' 라는 말의
힘을 느낌.

○○ 월 ○○ 일 ○ 요일	솔솔 부는 바람, 훨훨 날아가는 땀방울

제목 : '괜찮아'의 힘

우리가 흔히 하는 '괜찮아' 라는 말의 힘을 느낀 날이다. 오늘 오후, 오빠 방에서 몰래 컴퓨터를 하다가 떡꼬치 양념이 키보드에 떨어졌다. 몰래 컴퓨터를 한 흔적을 지우기 위해 얼른 휴지를 찾아 열심히 키보드에 떨어진 양념을 닦다 보니 그만 오빠의 숙제 파일을 지우고 말았다. 나도 모르는 사이에 순식간에 벌어진 일이었다. 엄마까지 나서 오빠의 숙제 파일을 찾아봤지만, 파일은 어디에도 없었다. 그때부터 오빠가 올 때까지 그야말로 외줄을 타는 심정이었다. '덜컹, 달그락'하는 작은 소리에도 오빠가 온 줄 알고 깜짝깜짝 놀랐고, 심장이 두근거려 가슴이 터질 것만 같았다.

'오빠가 알면 뭐라고 할까? 분명 날 가만두지 않을 거야. 다른 것도 아니고 숙제 파일을 지웠으니…….' 오빠한테 응징을 당할 것도 두려웠지만, 오빠의 숙제 파일을 지운 것이 마음에 걸렸다. 그렇게 땀이 삐질삐질 나는 시간이 흘렀다. 드디어 오빠가 왔다. 오빠한테 사실을 말하고 그 대가를 기다리는데 오빠의 입에서는 뜻밖의 말이 나왔다. "괜찮아!"

오빠의 이 한마디가 미안함과 긴장감으로 얼어 있던 내 마음을 한순간에 녹여 주었다. '괜찮아' 라는 말 한마디에 내 마음은 지옥에서 천국으로 올라가는 것 같았다. '괜찮아' 라는 말이 얼마나 사람의 마음을 따뜻하게 해 주는지 절실하게 깨달았다. 앞으로 나는 '괜찮아' 라는 말을 많이 할 생각이다. 누군가 나에게 잘못했을 때 너그럽게 '괜찮아'라고 말하고 누군가 어려운 일을 당했을 때 다정하게 '괜찮아?'라고 말할 수 있는 정말 괜찮은 사람이 될 것이다.

읽은 것 일기 쓰기 1
- NIE 일기 -

"으악~ 깜짝이야. 신새롬! 너 그 새로운 패션은 뭐냐? 오늘의 컨셉은 도둑이야?"

"아, 이 마스크 때문에 그러는 거야? 오늘은 엄마가 외출할 때 꼭 마스크를 쓰라고 하셨어."

"왜?"

"왜긴 왜야. 미세먼지 때문이지. 요즘 계절에 관계없이 날아오는 미세먼지 때문에 아주 난리야 난리. 뉴스에도 매일 나오고, 아빠, 엄마도 밖에 나가려면 초비상이야."

"그래? 그런데 새롬아, 미세먼지가 뭐야? 무서운 괴물 같은 거야? 그런데 마스크는 왜 썼어? 마스크가 미세먼지 괴물을 없애줘?"

"어이구, 오똑맨 넌 나 아니었으면 어떻게 할 뻔했어! 미세먼지가 뭔지도 모를 뻔했잖아. 이 누나가 미세먼지에 대해 설명해 주지. 미세먼지가 뭐냐면 말이야. 음 먼지인데…… 그게…… 먼지인데……."

오똑맨에게 미세먼지에 대해 설명해 주려는데 미세먼지에 대해 아는 게 없지 뭐야.

"신새롬, 그렇게 잘난 척을 하더니 뭐야? 너도 모르는 거잖아."

"아니야, 뉴스에서 많이 봤어. 근데 막상 설명하려니 우리 몸에 위험해서 조심해야 한다는 것밖에는 제대로 아는 게 없네."

나는 한껏 잘난 척한 것이 민망해서 머리를 긁적였어. 오똑맨은 그런 나를 한심하다는 듯이 바라봤지.

"에구, 신새롬, 이 오똑맨이 나서야겠구나. 넌 역시 나 없으면 안 돼."

"치, 네가 어떻게 할 건데? 미세먼지를 괴물이라고 하면서."

"미세먼지에 대해 매일 뉴스에 나온다며? 신문에도 나오겠네."

"그렇지. 요즘 엄청나게 중요한 문제로 떠오르고 있으니까."

"그럼 미세먼지에 대해 나온 기사 중 네가 가장 이해하기 쉽고, 읽기 편한 신문 기사를 찾아봐. 오늘은 그 신문 기사를 바탕으로 NIE 일기를 써 보자."

"그래 그거 좋겠다. 미세먼지에 대해 오똑맨에게도 알려 줄 수 있고, 나도 배울 수 있고. 오~ 오똑맨 똑똑한데? 잠깐만 기다려. 내가 기사 찾아가지고 올게."

– 읽은 것 일기 쓰기 1 –
NIE 일기

첫째! 신문 기사 정하기

- 일주일 동안 읽었던 신문 기사 중 가장 관심이 갔던 기사를 하나 선택해 봐. 이때 너무 어려운 내용은 피하고, 쉽게 이해할 수 있고, 읽기 편했던 기사를 선택하는 것이 좋겠지?

둘째! 새롭게 알게 된 점 쓰기

- 신문 기사를 읽으면서 모르는 단어나 새롭게 알게 된 내용, 그리고 중요한 내용에 밑줄을 그어 봐. 그리고 신문 기사를 오려 일기장에 붙인 뒤 밑줄 그은 내용을 바탕으로 새롭게 알게 된 사실을 정리하는 거야.

셋째! 기사에 대한 자기 생각이나 느낀 점 쓰기

- 신문 기사를 읽고 느낀 점이나 기사에 대한 너의 생각을 정리해 봐. 멋진 일기가 될 거야.

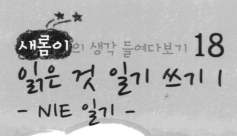

읽은 것 일기 쓰기 1
- NIE 일기 -

미세먼지에 대한 기사가 이렇게 많았네. 이 중에서 어떤 기사를 선택하지? 맞다. 내가 이해하기 쉽고, 읽기 편한 기사로 선택하라고 했지?

그래. 이 기사가 좋겠어. 어린이들이 이해하기 쉽게 미세먼지에 대해 잘 설명해 놓았네.

일단 기사를 읽어보자. 모르는 단어나 새롭게 알게 된 내용, 중요한 내용을 밑줄을 그으라고 했지? 생각보다 새롭게 알게 된 내용이 많네.

참기사를 읽어보니, 미세먼지가 더 무섭게 느껴졌어. 눈에 보이지도 않는 작은 먼지가 사람을 위협하다니……. 앞으로 외출할 때 더 주의해야겠어.

제목 : 콜록, 콜록, 초미세먼지 비상!!!

지 혜 일 보   0000년 00월 00일

눈에 보이지 않는 작은 먼지, 인간을 위협하다.

'초미세먼지 경보제' 시행

초미세먼지는 지름이 2.5㎛(마이크로미터 · 1㎛는 100만분의 1m) 이하의 아주 작은 먼지를 뜻하는 말이다. 초미세먼지 경보제는 시내 25개 측정소에서 초미세먼지의 시간당 평균 농도를 측정해 그 수치가 일정기준 이상을 넘을 경우 주의보 또는 경보를 발령함으로써 시민들이 대비할 수 있도록 하는 제도다.

· · · · · · · · · ·

미세먼지로 온종일 마스크를 쓰고 다녔다. 미세먼지가 뭐길래 우리를 이렇게 괴롭게 하는 것일까? 신문 기사를 통해 미세먼지에 대해 자세히 알 수 있었다.

* 새롭게 알게 된 사실 *

(1) 미세먼지와 초미세먼지란? 미세먼지는 머리카락 굵기의 7분의 1도 안 되는 아주 작은 먼지를 말한다. 그런데 이 미세먼지보다 훨씬 더 작은 먼지가 있는데 그것이 바로 '죽음의 먼지'로 불리는 초미세먼지이다.

(2) 미세먼지의 위험성은? 미세먼지나 초미세먼지는 크기가 너무 작아서 코와 *기도에서 걸러지지 않고 폐 깊숙이 들어갈 수 있다. 그래서 폐의 기능을 약화하거나 모세혈관을 타

고 혈액에 들어가 심각한 병을 일으킬 수도 있다.

(3) 미세먼지는 어디에서 오는 것일까? 황사는 봄 날씨로 중국이 건조해지면서 고비사막, 타클라마칸 사막, 황허 상류 지대 등에서 날아오는 흙먼지이다. 최근 중국이 공업화되면서 이산화황과 알루미늄 등 중금속 오염물질이 함께 오고, 이런 오염물질을 많이 포함한 미세먼지도 함께 날아오는 것이다. (요즘은 계절과 관계없이 미세먼지가 날아오고 있다.)

느낀 점

 미세먼지나 초미세먼지는 생각보다 훨씬 위험한 것 같다. 앞으로 외출할 때는 항상 미세먼지 *농도를 확인하고, 마스크를 꼭 써야겠다. 또 집에 돌아오면 항상 손과 발을 깨끗이 씻는 습관을 길러야겠다.

 황사, 미세먼지, 초미세먼지 등은 어쩌면 인간이 만든 괴물일지도 모른다는 생각이 들었다. 편리한 생활을 위해 발전만 외치다가 만든 괴물, 이 작은 괴물이 다시 인간을 위협하고 있다고 생각하니 우습기도 하고, 안타깝기도 했다. 발전도 좋지만 이런 괴물들을 만들지 않도록 노력했으면 좋겠다.

* 모르는 단어 정리하기 *

(1) 기도 : 호흡할 때 공기가 지나가는 길

(2) 농도 : 혼합기체나 용액에 들어있는 각 성분의 양

"새롬아, 신새롬!!! 뭘 그렇게 열심히 보고 있어? 일기 안 써?"

"아, 오똑맨. 내 마음을 너무 잘 알아주는 책이 있어서 읽고 있느라 일기 쓰는 걸 깜박했네."

오랜만에 책에 푹 빠져 있는데 오똑맨이 방해를 했지 뭐야. 내가 책에 푹 빠져 있는 일은 자주 있는 일이 아니라 오똑맨은 의아해했어.

"책? 너 그렇게 열심히 책 읽는 거 처음 보는 것 같은데. 도대체 무슨 책이야?"

"'덩어리 선생님' 이라는 책인데 책 주인공 민지가 이런 말을 해. '제일 처음에 보이는 것이 외모가 아니라면 얼마나 좋을까요? 목소리가 첫인상이라면 아니 멋진 그림을 그리는 손이 첫인상이라면? 그것도 아니라면 똑똑한 머리가 첫인상이라면 얼마나 좋을까요? 하지만 안타깝게도 아이들에게 가장 먼저 보이는 것은 그런 것이 아니라 제 커다란 덩치지요.' 오늘 내 마음이 딱 민지 같았거든."

"왜 누가 너보고 못생겼다고 뭐라고 그래? 이런!!! 이 오똑맨이 가만두지 않겠다!!! 누구야??? 내 친구한테 못생겼다고 한 사람이!!!"

"오똑맨 진정해. 그리고 지금 네가 나한테 못생겼다고 하고 있거든. 그것도 두 번이나!!!"

"하, 그랬나? 미안 미안. 아무튼 무슨 일이 있었는데?"

"기분이 조금 상하는 일이 있었어. 내 말 좀 들어봐 오똑맨. 오늘 엄마와 함께 엄마 친구들을 만나러 가기로 한 날이었어. 서울에 사는 엄마 친구들은 우리를 한 번도 보지 못했다고 우리를 꼭 데리고 오라고 했
다나. 엄마는 아침부터 예쁜 옷을 입히고 머리
를 빗기고 아주 야단법석을 떠셨어. 처음 만나
는 친구들에게 좋은 인상을 주어야 한다나? 아
무튼 나는 엄마랑 맛있는 것도 먹고, 외출한다
는 자체가 즐거웠어. 그런데 오빠는 왠지 시큰
둥했어. 자기가 꼭 가야 하느냐며 입이 나와 있
었지. 아무래도 엄마가 없는 집에서 실컷 게임
을 하고 싶은 눈치였어. 어쨌든 가기 싫어서 입이
나온 오빠와 신나서 입이 귀에 걸린 나는 함께 엄마를
따라 나섰어. 처음 만나는 엄마 친구들이 궁금하기도 하고,
잘 보여야겠다는 생각에 조금 긴장이 됐어. 드디어 약속 장소에 도착
했어. 나는 방긋 웃으며 최대한 예의 바르게 인사를 했지. 그런데 글쎄 칭찬은 인사도
하는 둥 마는 둥 하는 오빠한테 쏟아지지 뭐야. '배우를 해도 되겠네. 아이돌 같이 생
겼네. 정말 예쁘게 생겼네.' 하면서 말이야."

"새롬이 네 오빠는 조금 잘생기긴 했어. 이해해."

"오똑맨! 너까지 이러기야? 하긴 솔직히 오빠가 좀 잘생기긴 했어. 피부도 뽀얗고, 코
도 오똑하고 눈은 동그랗게 빛나는 게 아이돌 저리 가라지. 가끔 '딸인 나를 저렇게
예쁘게 낳아주지' 하며 부모님을 원망한 적도 있다니까. 아무튼 그래도 그렇지. 어떻
게 오빠만 칭찬할 수가 있어? 오빠는 오기 싫은 데 억지로 끌려와 인사도 하는 둥 마
는 둥 했고, 나는 방긋 웃으며 얼마나 예의 바르게 인사했는데……."

"너 정말 속상했겠다. 그래서 끝까지 너한테는 시선도 주지 않았어?"

"아니, 그건 아니야. 엄마 친구 중에 늦둥이를 낳은 아줌마가 네 살 먹은 아이를 데리고 왔는데 내가 엄청 친절하게 잘 놀아줬거든. 오빠는 엄마 핸드폰으로 게임만 했고. 그리고 최대한 예의 바르게 행동했더니 엄마 친구들이 딸이 정말 착하고 예의 바르다며 칭찬하기 시작했어. 그리고 네 살 먹은 꼬마의 엄마는 아이랑 잘 놀아줘서 고맙다며 선물까지 사 주셨어."

"그래? 결과적으로 잘 된 일이네."

"그건 그런데 사람들 눈에 처음으로 보이는 것이 외모라는 사실이 조금 씁쓸했어. 처음에 보이는 것이 따뜻한 마음이라든지 예의 바른 태도라든지 하면 얼마나 좋을까? 그러면 처음부터 나에게 관심을 두셨을 텐데……. 그래서 지금 이 책의 주인공 민지 마음이 너무 잘 이해돼. 민지도 잘하는 게 많았는데 외모 때문에 제대로 평가를 받지 못했거든. 예전에 읽었을 때는 몰랐는데 오늘 다시 읽어보니 민지의 마음이 얼마나 속상했을지 짐작이 돼. 나부터라도 사람을 겉모습만 보고 평가하지 않기로 했어."

"새롬이 너 오늘 정말 큰 교훈을 얻었구나. 그래? 오늘은 그 내용을 바탕으로 독서 일기를 쓰자."

"독서 일기? 독후감 비슷한 거야? 에이. 나 독후감 잘 못 써."

"어려워할 것 없어. 독후감이 아니라 독서 일기야. 책의 줄거리를 자세히 쓸 필요 없고, 마음에 드는 구절을 골라 쓴 후 그 구절에 대해 느낀 점을 표현하면 돼. 어때? 생각보다 간단하지?"

"마음에 드는 구절에 대해 쓰면 된다고? 그거야 쉽지. 마음에 드는 구절은 이미 골랐으니까."

– 읽은 것 일기 쓰기 2 –
독서 일기

첫째! 마음에 드는 구절 찾기
책의 내용 중 마음에 드는 구절을 하나를 골라봐.

둘째! 이유쓰기
위에서 고른 구절이 왜 마음에 들었는지 그 이유를 설명해 줘.

셋째! 느낀 점 쓰기
그 구절을 읽고 느낀 점이나 깨달음 점을 정리해 줘.

읽은 것 일기 쓰기 2
- 독서 일기 -

'덩어리 선생님' 중에서 가장 마음에 드는 구절은 '제일 처음에 보이는 것이 외모가 아니라면 얼마나 좋을까요? 목소리가 첫인상이라면 아니 멋진 그림을 그리는 손이 첫인상이라면……' 이라는 구절이야.

이 말을 한 민지의 마음에 공감이 되어서 이 구절이 가슴에 와 닿았어. 나도 오늘 민지처럼 느꼈거든.

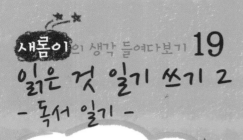

나 = 민지

나도 지금까지 겉모습을 보고 사람을 판단을 한 적은 없는지 반성해 보았어. 그리고 앞으로는 절대! 외모만 보고 사람을 판단하지 않을 거야.

오늘 겪은 일과 책의 구절을 잘 연결해 느낌 점과 깨달은 점을 정리해 주면 되겠다.

제목 : 삐까뻔쩍 겉모습이 다는 아니야.

"제일 처음에 보이는 것이 외모가 아니라면 얼마나 좋을까요? 목소리가 첫인상이라면 아니 멋진 그림을 그리는 손이 첫인상이라면? 그것도 아니라면 똑똑한 머리가 첫인상이라면 얼마나 좋을까요? 하지만 안타깝게도 아이들에게 가장 먼저 보이는 것은 그런 것이 아니라 제 커다란 덩치지요."

<덩어리 선생님>이라는 책에 나오는 구절이다. <덩어리 선생님>의 주인공 민지가 한 말인데 오늘따라 이 말이 가슴에 와 닿았다. 잘하는 것이 무척 많았던 민지, 하지만 그 잘하는 많은 것을 보지 못하고 민지의 큰 덩치만 보고 판단하는 사람들…… 민지는 얼마나 속상했을까? 낮에 엄마 친구들의 만났을 때 내 마음이 바로 민지 마음 같았다. 엄마, 오빠와 함께 엄마 친구들을 만나러 갔다. 나는 엄마 친구들에게 좋은 인상을 주기 위해 최대한 방긋 웃으며 예의 바르게 인사를 했고, 오빠는 오기 싫은 것을 억지로 따라왔기 때문에 인사도 하는 둥 마는 둥 했다. 하지만 칭찬은 오빠에게 돌아갔다. 오빠의 잘생긴 외모를 보고 엄마 친구들은 나에게는 관심도 주지 않고 오빠에게만 칭찬을 쏟아냈다. 물론 시간이 흐를수록 잘 생긴 오빠보다는 예의 바르고 친절한 내게 관심이 쏠렸지만 씁쓸함은 남았다. 민지의 말처럼 처음에 보이는 게 외모가 아니라면 얼마나 좋을까? 처음에 보이는 게 내 따뜻한 마음이라면? 예의 바른 태도라면? 그런 생각을 하면서 내 모습을 돌아봤다. 나도 지금까지 겉모습으로 사람을 판단한 적이 많은 것 같았다. 앞으로 나부터라도 겉모습으로 사람을 판단하지 않아야겠다는 생각이 들었다. 겉모습이 아닌 그 사람의 진짜 모습을 보는 눈을 가진 사람이 되고 싶다.

"이제 됐다! 기린이랑 임팔라랑 펭귄이랑 힘 합쳐서 호랑이 이름표 뜯는다!"

"와 진짜 제일 약한 사람들끼리 모여서 제일 강한 사람 이름표 뜯게 되겠네."

"어??? 이게 어떻게 된 일이야???"

"기린이 펭귄 이름표 뜯었어!!!"

"어??? 저것 봐라. 펭귄이랑 임팔라가 당황한 틈을 타서 호랑이가 임팔라 이름표 뜯고, 기린 이름표까지 뜯었다."

"에이. 다 잡은 호랑이 놓쳤네."

일요일 저녁 우리 가족이 항상 함께 모여 보는 프로그램이 있어. 바로 '런닝맨'이야. 우리 가족은 항상 이기기만 하는 호랑이보다는 약한 다른 사람들을 응원했지. 그런데 오늘 런닝맨 중에서도 제일 약하기로 소문난 임팔라, 기린, 펭귄이 힘을 합쳐서 호랑이 이름표를 뜯을 기회가 왔지 뭐야. 그런데 그만 기린이 배신해서 기회가 날아가 버렸어. 그리고 결국 기린 이름표도 호랑이의 손에……. 우리 가족은 무척 아쉬워했어.

"에이, 기린이 배신하는 바람에 다 잡은 호랑이 놓쳤네."

"그러게 말이에요. 아빠, 기린은 왜 배신했을까요?"

"혼자 이기려고 욕심을 부려서 그런 거지."

"그래도 같이 협력하기로 해 놓고 이렇게 배신하는 건 나쁜 것 같아요."

아빠와 기린의 행동에 관해 이야기하는데 오빠가 갑자기 뭔가 생각난 듯이 이야기를 꺼냈어.

"난 기린의 행동을 이해할 수 있을 것 같아. 오늘 사회 시간에 배운 건데 힘이 센 고구려에 맞서기 위해 신라와 백제는 손을 잡았어요. 이 동맹을 신라의 '라' 백제의 '제'를 따서 '나·제 동맹'이라고 하는데……."

"에이, 오빠 갑자기 웬 역사야! 공부 잘한다고 잘난척하는 거지?"

"허허! 감히 오빠의 말을 끊다니!!! 끝까지 들어봐. 오늘 런닝맨에서 있었던 일하고 비슷하니까!"

"그래 새롬아, 오빠 얘기 좀 들어보자. 우리 새오 사회 시간에 열심히 들었구나."

 엄마는 역사 얘기를 하는 오빠를 흐뭇하게 바라봤고, 나는 잘난척하는 오빠가 얄미워 입을 삐쭉거렸지. 내가 그러거나 말거나 오빠는 얘기를 이어갔어.

"아무튼, 신라와 백제는 꽤 오랫동안 이 동맹을 유지했고, 결국 신라의 진흥왕, 백제의 성왕 때 신라와 백제는 힘을 합쳐서 고구려를 공격했고, 당시 아주 중요한 지역이었던 한강 유역을 다시 차지해 서로 사이좋게 나누어 가졌대요. 그런데 그만 신라의 진흥왕이 욕심을 부려 백제와의 동맹을 깨고 백제를 공격해 한강 유역을 독차지했죠."

"어? 오빠. 진짜 오늘 얘기랑 비슷하네. 동맹 맺고 배신하고."

"맞아. 그래서 내가 이 이야기가 생각 난 거야. 그런데 결과는 조금 달라. 기린은 배신을 해서 결국 자신의 이름표도 뜯겼지만, 진흥왕은 배신을 해서 결국 삼국을 통일할 수 있도록 해 주었거든."

"새오 말대로 진흥왕은 배신해서 이득을 얻었구나. 우리 새롬이와 새오는 기린와 진흥왕의 행동에 대해 어떻게 생각해. 배신을 해서 이득을 얻을 수 있다면 배신을 해야 할까?"

 오빠의 말을 가만히 듣고 있던 아빠가 어려운 질문을 했어. 하지만 나는 아무리 이득을 얻는다고 해도 한 번 약속을 한 것은 지켜야 한다고 생각했어.

"아빠, 저는 아무리 나한테 이익이 되어도 한 번 동맹 맺기로 약속을 했다면 배신하면 안 된다고 생각해요. 약속은 무슨 일이 있어도 지켜야 하잖아요."

"그래? 그럼 새오는 어떻게 생각해."

"저는 새롬이 생각이랑 조금 달라요. 물론 약속도 중요하지만 결과적으로 동맹을 맺은 건 서로의 이익 때문이었잖아요. 그러니까 내 이익을 위해서라면 안타깝지만 동맹은 깨도 될 것 같아요."

"에이, 오빠는 기린이 옳다는 거야?"

"옳은 건 아니지만 이해할 수는 있다는 거지."

오빠와 나는 기린과 진흥왕의 행동에 대해 주거니 받거니 하며 이야기를 이어나갔어. 다른 때 같았으면 또 싸운다고 혼이 났을 텐데 아빠, 엄마는 이번만큼은 우리를 흐뭇하게 바라보셨어.

"자, 이제 그만 하자. 누가 옳은지 그른지는 쉽게 판단할 수 없을 것 같아. 아무튼 우리 아들, 딸이 예능 프로그램을 보고 이렇게 수준 높은 이야기를 이끌어냈다는 게 장하다. 장해."

아빠는 우리를 향해 엄지까지 들어 보이며 활짝 웃으셨어.

"그러게 말이에요. 오늘은 함께 TV를 본 보람이 있는데? 자 이제 그만 씻고, 들어가서 일기 쓰고 잘 준비하자."

엄마도 밝은 미소를 보이시며 말씀하셨지. TV를 보고 칭찬받는 일은 처음이라 얼떨떨한 마음이 들면서도 새로운 사실을 알게 해 준 오빠한테 고맙다는 마음이 들었어. 하지만 여전히 나는 배신은 안 된다고 생각했지. 흐뭇한 마음으로 씻고 일기를 쓰기 위해 오똑맨을 불렀어.

"오똑맨~"

"신새롬! 너희 오늘 무슨 일 있었어? 밖이 아주 시끄럽던데?"

"아하, 오늘 우리 가족이 함께 TV를 보고 간단한 토론을 했거든."

"그래? 그래서 그렇게 시끄러웠구나. 치, 뭐 엄청 재미있는 프로그램이었나 봐? 그러지 말고 나도 가끔 TV 보여줘. 밖에서 깔깔깔 웃는 소리 나면 얼마나 궁금한데!!!"

"에구구! 그 생각을 못 했네. 알았어 오똑맨. 앞으로 재미있는 프로그램 할 때는 꼭 들고 나갈게."

"그럴 게 아니라 일기로 오늘 본 얘기 들려주는 건 어때?"

"일기로? 그럼 일기로 TV 본 내용을 쓰라는 말이야? 그건 좀 아닌 것 같은데……. 그냥 내가 얘기해 주면 안 될까?"

나는 TV 본 내용을 일기에 쓰면 선생님께서 싫어하실 것 같아서 조금 망설였어.

"뭐가 어때서! 일기는 내가 본 것, 들은 것, 느낀 것, 생각한 것을 쓰는 거라고 했잖아. 네가 본 내용을 소개하는 게 뭐가 어때서. 그리고 오늘 본 내용으로 토론도 했다며. 뭔가 깨달은 점이 있어서 그런 거 아니야?"

"그건 그렇지."

"그러니까 오늘 본 내용을 소개하고, 깨달은 점을 함께 쓰면 좋은 일기가 될 거야. 어때?"

나는 조금 망설여졌지만 오똑맨의 이야기에 힘을 얻고 한 번 해 보기로 했어.

"좋아. 한 번 해 보지 뭐. 재미있을 것 같아."

– 본 것 일기 쓰기 –
오늘 본 TV 프로그램 중 가장 재미있었던 것

첫째! 소개할 TV 프로그램 정하기

TV 내용 중 가장 소개하고 싶은 프로그램을 정해봐.

둘째! 인상적인 장면 선택하기

소개할 프로그램 중 가장 재미있고, 인상적이었던 장면을 선택해
그 이유와 함께 소개하는 거야.

셋째! 느낀 점이나 깨달은 점 쓰기

위의 장면을 보며 느낀 점이나 깨달은 점이 있다면 함께 소개해 주면
좋겠지?

본 것 일기 쓰기
- 오늘 본 TV 프로그램 중 가장 재미있었던 것 -

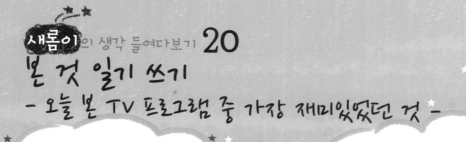

오늘 소개하고 싶은
TV 프로그램은 '런닝맨'이야.
서로 이름표를 뜯고, 뜯기는 장면이
스릴이 넘치고
재미있거든.

가장 인상적이었던 장면은
뭐니 뭐니 해도 함께 동맹을 맺어
호랑이를 잡을 기회가 있었는데
기린의 배신으로 물거품이
되어버린 부분이지.

만약 기린이 약속을 지키고
배신을 하지 않았다면 런닝맨에서
가장 강한 호랑이를 잡을 수 있었을 텐데
정말 아쉬웠어.

그런데 우리 역사에도
비슷한 일이 있었다니. 그리고
오빠는 자신의 이익을 위해
배신하는 걸 이해한다나? 하지만 난
약속은 꼭 지켜야 한다고 생각해.

제목 : 손가락 걸고 꼭꼭 맹세한 약속은 꼭꼭 지키자.

가족 모두 모여 앉아 런닝맨을 보는 날이다. 오늘 런닝맨은 다른 날보다 훨씬 더 흥미로웠다. 런닝맨에서 가장 약한 기린, 임팔라, 펭귄이 동맹을 맺기로 약속하고 가장 강한 호랑이를 공격했기 때문이다. 약자의 반란에 호랑이는 위기를 맞았다. 그런데 그때! 기린이 약속을 어기고 펭귄의 이름표를 뜯고 말았다. 이들이 당황한 틈을 타 호랑이는 차례로 임팔라와 약속을 어긴 배신자 기린의 이름표까지 뜯고 승리를 했다. 서로 약속만 잘 지켰더라면 런닝맨의 최강자 호랑이를 이기고 승리할 수 있었을 텐데 자기 혼자 이기려는 욕심에 배신해 버린 기린이 한심하게 느껴졌다.

그런데 함께 TV를 보던 오빠는 기린이 배신한 마음을 이해할 수 있을 것 같다면서 우리 역사에도 비슷한 일이 있었다고 했다. 힘이 센 고구려에 맞서기 위해 신라와 백제가 손을 잡았고, 나중에는 신라의 진흥왕, 백제의 성왕이 함께 고구려를 공격해 당시 아주 중요한 지역이었던 한강 유역을 다시 찾았다고 한다. 그런데 그만 신라의 진흥왕이 욕심을 부려 백제와의 동맹을 깨고 백제를 공격해 한강 유역을 독차지했고, 그 결과 신라는 삼국을 통일할 수 있는 힘을 얻었다고 한다. 오빠는 이 이야기를 하면서 동맹도 결국 자신의 이익을 위한 것이었기 때문에 자신의 이익을 위해서라면 아무리 동맹 관계였다고 하더라도 배신할 수 있다고 했다.

하지만 나는 그렇게 생각하지 않는다. 아무리 자신의 이익을 위해서라도 약속을 깨는 것은 옳지 못한 일이다. 이렇게 함부로 약속을 깨면 그 사람은 신뢰감을 잃게 되고 결국에는 어느 누구도 그 사람을 도와주지 않을 것이다. 오늘 런닝맨에서 기린도 마찬가지였다.

그렇게 한 번 배신하고 나니 아무도 기린을 믿어주지 않았다. 그런 기린의 모습을 보면서

약속이 얼마나 중요한지 깨달았다. 물론 오빠 말처럼 나의 이익도 중요하지만, 결과적으

로 약속을 지키는 것이 나에게도 이익이 될 거라고 생각한다.

칭찬 일기 쓰기
- 선생님이 되어 오늘 내 생활 칭찬하기 -

'휘리릭~ 탁!, 휘리릭~ 탁!'

이게 무슨 소리냐고? 내가 줄넘기 연습하는 소리야. 체육시간에 줄넘기 2단 넘기(흔히 '쌩쌩이'라고 하지?) 시험을 본다고 했거든. 그런데 정말 난 안 되는 아이인가 봐. 아무리 연습해도 쌩쌩이는 한 번도 성공하지 못했어.

"새롬아, 아직 안 돼?"

"응. 한 번도 성공 못 했어. 민희 너는 잘 되지?"

"응, 나는 어제 성공했어. 한 번 성공하니까 계속 되더라고. 내일이 시험인데 어떻게 하냐?"

"그러게 말이야. 정말 울고 싶어."

"다시 한 번 해 보자."

"다시 한 번 해 볼 테니까 민희 네가 잘 보고 이상한 점 있으면 얘기해 줘. 알았지?"

"응, 내가 잘 볼게."

'휘리릭~ 탁! 휘리릭~ 탁!'

나는 심호흡을 크게 하고 다시 한번 해 봤지만 결과는 마찬가지였어.

"아하하항~ 안 된다. 민희야 잘 봤어? 도대체 왜 안 되는 것 같아?"

"이상하다. 뭐가 문제지? 나도 잘 모르겠어. 아참, 민식이가 쌩쌩이 정말 잘하거든 오늘 끝나고 알려달라고 하자. 나도 민식이한테 배웠어."

"정말?"

나는 '민식이'라는 말에 눈이 번쩍 뜨였어.

"그런데 민식이가 가르쳐 줄까?"

"내가 잘 말해 볼게."

"민희야! 나도! 나도 가르쳐 달라고 해라. 응?"

어디서 들었는지 세연이가 얼른 달려와서 자기도 민식이한테 배우겠다고 하지 뭐야.

"세연아, 넌 쌩쌩이 잘하지 않아?"

민희는 의아하다는 듯 물었지만 난 세연이가 왜 쌩쌩이를 배우고 싶어하는지 알고 있었지.

"잘하긴……. 잘 봐!"

'휘리릭~ 탁! 휘리릭~ 탁!'

"이것 봐 계속 걸리잖아."

누가 봐도 세연이는 줄을 넘을 마음이 없어 보였어.

"이상하다. 분명히 잘했던 것 같은데……. 아무튼 알았어. 너희 둘 다 수업 끝나고 별일 없지?"

"응. 고마워 민희야."

"나도 별일 없어. 아 맞다! 오늘 치과 간다고 엄마가 학교 끝나자마자 오라고 했다. 아이참! 왜 오늘 같은 날 치과를 가야 하는 거야. 민희야. 우리 내일 연습하면 안 될까?"

"야, 박세연! 무슨 소리야. 내일이 쌩쌩이 시험인데?"

"참, 그렇지? 에이. 그럼 난 연습 못 하겠다."

세연이의 얼굴에는 아쉬움이 가득 묻어 있었어. 나는 세연이가 같이 연습을 못 한다는데 왜 이렇게 기분이 좋은지 배실배실 웃음을 새어나왔지.

어느덧 수업이 끝나고 기다리고 기다리던 쌩쌩이 연습시간이 되었어. 민희는 민식이를 데리러 갔고, 나는 먼저 운동장에서 연습하면서 기다리고 있었어. 줄넘기는 하는 둥 마는 둥 하며 목이 빠져라 기다리고 있는데 멀리서 민희 손에 끌려오는 민식이가 보였어. 민식이는 오기 싫은 걸음을 억지로 떼고 있는 것 같았어. 나는 민식이가 보이자마자 열심히 줄을 넘기며 연습을 했어.

"새롬아, 우리 왔어. 어때? 이제 좀 돼?"

"아니."

"야, 신새롬! 넌 무슨 쌩쌩이 하나를 못 하냐?"

민식이의 핀잔에 무안해진 나는 얼굴이 빨개졌어. 그 모습을 본 민희는 내 편을 들어 주었지.

"못 하는 사람 많거든. 그냥 가르쳐 줘. 너 안 그러면 아빠, 엄마한테 지난번에 내 얼굴에 상처 난 거 네가 찬 공에 맞아서 그런 거라고 다 이른다!"

"치사하게 같이 놀다가 그런 거잖아! 아무튼, 너 이제 그 일로 협박하면 안 된다!"

"알았어. 알았어. 그러니까 빨리 새롬이 쌩쌩이 좀 가르쳐줘. 우리 내일이 시험이란 말이야."

"신새롬! 너 지난번에 강아지 구할 때 도와줘서 특별히 가르쳐 주는 거야. 영광인 줄 알아."

"알았어. 고마워."

"어디 한 번 해봐."

'휘리릭~ 타닥! 휘리릭~ 타닥!'

민식이 앞에서 하려니까 긴장한 탓인지 오히려 더 안 되는 것 같았어.

"하하하 신새롬 너 진짜 못한다. 완전 느림보야. 그러니까 쌩쌩이를 못하지."

민식이는 그런 내 모습을 보고 깔깔대며 웃었어.

"야, 김민식! 누가 놀리라고 데려왔어? 그러니까 빨리 가르쳐주란 말이야!"

민희는 민식이를 흘겨보며 이야기했어.

"알았어. 알았어. 무서우니까 눈 좀 그렇게 뜨지 마. 일단 어깨에는 힘을 쭉 빼고, 손목 스냅으로 가볍게 줄을 돌려봐. 지금은 힘이 너무 들어갔어."

'휘리릭~'

"이렇게?"

"응, 아까보다는 조금 나아졌네. 그런데 줄넘기를 너무 높이 든 것 같아. 아빠가 그러셨는데 줄넘기는 허리 약간 위 정도 쯤에서 잡으라고 하셨어."

"이 정도?"

"응 딱 좋아. 그리고 아까 말한 것처럼 어깨에 힘 빼고, 팔로 돌리지 말고 손목 스냅으로 빠르게 돌리면서 뛰어봐. 그리고 괜히 더 높게 뛰려고 하지 말고 1단 뛰기 할 때랑 비슷하게 뛰면 돼."

'휘리릭~ 탁!'

"아야, 그래도 안 되는데?"

"그럼 한 번에 될 줄 알았냐? 지금도 힘이 너무 들어갔어. 더 힘을 빼고 가볍게 뛰어봐."

"응, 알았어."

'휘리릭~~~'

민식이 말대로 힘을 빼고 가볍게 뛰었더니 이번에는 줄어 안 걸리고 휙 넘었지 뭐야. 드디어 성공을 했어.

"어? 새롬아. 한 번 했다! 그치?"

"응, 정말 힘을 빼니까 되네."

"이제 이 오빠는 가도 되냐? 축구하러 가야 돼!"

"어. 민식아 정말 고마워."

"겨우 한 번 한 거 가지고 요란 떨지 말고 계속 연습해. 삼십 번 넘어야 한다고 하지 않았어? 잘 해봐라. 난 간다!"

"김민식 고맙다. 집에서 보자. 새롬아, 이제 계속 연습해 보면 되겠다. 그치?"

"응, 민희야 고마워. 너 학원가야 하지? 먼저 가. 나는 더 연습하고 갈게."

"알았어. 힘내 새롬아! 파이팅~"

"고마워. 내일 봐."

민희, 민식이가 가고 나서도 쌩쌩이 연습은 계속됐어. 한 번은 쉽게 넘어가는데 그 이상이 안 되는 거야.

"힘을 빼고, 손목으로 빠르게 돌리면서 가볍게 뛰는 거라고 했지?"

나는 민식이가 가르쳐 준대로 열심히 연습하고, 또 연습했어. 그렇게 한 참을 연습한 끝에 다음 날 줄넘기 시험에서 당당히 32개를 넘어 만점을 받았지. 선생님께서 '신새롬 A'라고 말씀하시는데 왠지 눈물이 날 것 같았어. 열심히 노력한 것에 대한 보답을 받는 것 같았거든. 역시 노력하면 안 되는 게 없는 것 같아.

집으로 돌아온 나는 줄넘기 시험에서 만점 받는 것을 자랑하기 위해 오똑맨을 불렀어.

"오똑맨!!!"

"오늘은 아주 기운이 넘치네. 어제는 완전 축 처져서 일기도 안 쓰고 자더니."

"아하, 어제 줄넘기 연습을 너무 많이 했거든. 진짜 진짜 열심히 연습했어. 그 결과! 오늘 줄넘기 시험에서 만점 받았어. 어때? 잘했지? 빨리 칭찬해줘."

"오~ 신새롬, 이름처럼 새롭게 보인다. 그런 끈기가 있는 줄 몰랐네. 그런데 칭찬은 직접 하는 게 어때?"

"뭐? 칭찬을 직접 하라고?"

"응, 직접 칭찬하려고 하면 조금 민망할 테니까 선생님이 되어 보는 거야. 그래서 새롬이 너의 하루 생활 중 칭찬할 만한 내용을 찾아 칭찬 일기를 써 보는 거야. 제3자의 눈으로 너를 바라보고 칭찬해 보는 거지."

"그래도 내가 날 칭찬하는 건 조금 민망한데……. 에이, 아니다! 오늘은 정말 칭찬해 주고 싶은 날이니까 한 번 써 보지 뭐."

"그럼 시작해 보자. 머리띠 준비!!!"

– 칭찬 일기 쓰기 –
선생님이 되어 오늘 내 생활 칭찬하기

첫째! 하루 일과 중 칭찬할 거리 찾기
- 자신의 하루 일과를 제3자의 눈으로 살펴보고, 칭찬한 만한 것을 찾아보는 거야.

둘째! 칭찬하는 이유 쓰기
- 칭찬할 거리를 찾았다면 그 일이 왜 칭찬받을 일인지 생각해 봐야겠지?

셋째! 조언하기
- 칭찬을 한 후 앞으로 더욱 잘하라는 의미로 멋진 조언을 덧붙여 보자.

칭찬 일기 쓰기
- 선생님이 되어 오늘 내 생활 칭찬하기 -

오늘 칭찬한 일은 바로 줄넘기 2단 넘기 시험에서 만점을 받은 일이야.

단순히 만점을 받았다고 칭찬하는 건 아니야. 만점을 받기 위해 노력한 과정을 칭찬해 주고 싶어.

연습 과정이 정말 힘들었는데 포기하지 않고 끝까지 해 냈던 끈기, 인내, 노력에 박수를 쳐 주고 싶어.

앞으로 어떤 일이든 이러한 마음으로 끝까지 노력하면 못 할 것이 없을 거라는 조언을 해 주어야지.

○○ 월 ○○ 일 ○ 요일	흐르는 땀방울을 씻어준 고마운 바람

제목 : 주룩주룩 노력의 땀방울로 얻어낸 값진 선물

 새롬아, 그동안 열심히 노력하고 연습해서 오늘 줄넘기 시험에서 만점을 받았지? 정말 축하해. 그런데 선생님은 만점 받은 새롬이보다 열심히 노력한 새롬이를 칭찬해 주고 싶구나. 처음에는 아무리 연습해도 2단 넘기는 안 되고, 줄넘기 줄에 계속 맞기만 해서 속상했지? 아마 포기하고 싶은 마음도 들었을 거야. 하지만 친구들의 도움으로 포기하지 않고 끝까지 연습하는 모습을 보니 정말 대견했어. 친구들도 다 가고 혼자 운동장에 남아 줄넘기를 넘고, 또 넘으며 얼마나 힘들었니? 아마도 빨리 집에 가서 쉬고 싶은 마음이 간절했을 거야. 그래도 열심히 도와준 친구들을 생각하면서, 또 포기하지 않고 꼭 해내고 말 거라는 다짐을 하면서 하늘이 깜깜해질 때까지 연습했지? 그 결과 만점이라는 귀한 선물을 받았잖아. 그런데 새롬아, 그거 아니? 새롬이가 보여 준 끈기와 노력은 줄넘기 시험 만점보다 훨씬 더 값진 선물이란다.

 앞으로는 줄넘기 2단 넘기보다 더 어려운 일들이 많이 있을 거야. 아무리 어려운 일이라고 해도 포기하지 말고 이번 줄넘기 연습 때처럼 끝까지 도전한다면 좋은 결과가 있을 거야. 또 네가 힘들 때 도와준 친구들 기억하지? 새롬이도 앞으로 그 친구들처럼 어려움을 겪는 친구들에게 도움을 주는 친구가 되었으면 좋겠어. 새롬아, 줄넘기를 연습하며 보여 준 끈기, 인내, 열정, 도전 정신, 노력! 이 모든 것이 앞으로 너에게 큰 도움이 될 거야. 끝까지 도전하여 멋진 열매를 맺은 멋진 새롬아, 앞으로도 오늘처럼 멋진 모습 많이 보여주길 바라며 오늘만큼은 아낌없이 칭찬해 주고 싶구나.

신새롬! 최고!

반성 일기 쓰기
- 선생님이 되어 오늘 내 생활에 대해 조언하기 -

"새롬아, 너 영어 학원 숙제 다 했어?"

"아니요! 이따 하면 돼요. 오늘 시간 많잖아요."

"너 그렇게 여유 부리고 있다가 큰코다친다."

"걱정하지 마세요. 나중에 다 할 거예요."

오늘은 우리 학교 개교기념일이야. 갑자기 생긴 휴일이어서 특별히 할 일도 없었고, 학원가기 전까지 시간도 많이 남아서 실컷 놀 수 있었어. 물론, 학원 숙제를 해야 하지만 학원가기 한 시간 전에만 하면 되니까 그전까지는 완전 자유 시간이지. 게다가 오늘은 오빠도 학원 보충 때문에 일찍 나갔고, 엄마도 약속이 있어서 나가셨으니까 완벽한 자유지.

"새롬아, 엄마 갔다 올게. 마냥 놀지 말고, 숙제 먼저 하고 놀아. 알았지?"

"네, 걱정하지 마세요. 나중에 할게요."

나는 '네~'라고 대답했지만, 전혀 그럴 마음이 없었어. 실컷, 놀고 싶을 만큼 실컷 논 다음에 숙제할 생각이었거든.

"엄마 가셨나? 그럼 숙제는 나중에 하고 우선 TV나 실컷 봐야지."

나는 주방에서 엄마가 숨겨 놓은 과자를 찾아가지고 거실로 나가 리모컨을 잡았어. 내 손에 리모컨이 들어오는 일은 쉽지 않은 일이야. 리모컨의 주인은 주로 엄마나 아빠였고, 엄마나 아빠가 안 계실 때 리모컨의 주인은 오빠였지.

"오늘은 내가 보고 싶은 거 실컷 봐야지."

'하하하, 호호호, 깔깔깔.'

그렇게 실컷 웃으며 TV를 보니까 시간이 정말 눈 깜짝할 사이에 지나갔어.

"어? 벌써 시간이 이렇게 됐네. 이제 숙제할까? 에이, 아직 시간 남았는데 뭐. 숙제는 나중에 하고 오빠 방에 가서 게임이나 조금 해야겠다."

나는 오빠 방으로 가서 컴퓨터를 켰어. 그리고 신나게 게임을 했지. 학원 갈 시간이 다 된 것 같아서 불안했지만, 시간은 많았으니까 게임에서 왕을 깰 때까지 불안한 마음은 잠시 접어두기로 했어.

"와~ 드디어 깼다!!!"

드디어 왕이 쓰러졌어.

"으하하! 어떠냐? 이 신새롬님의 실력이!!! 이제 숙제나 할까? 악~~~ 어떻게 해!!!"

숙제하려고 시계를 봤는데 놀라 기절할 뻔 했어. 벌써 영어 학원에 가야 할 시간이 된 거야.

"이게 어떻게 된 일이야. 분명 시간이 많았는데……."

나는 할 수 없이 숙제도 못 하고 영어 학원으로 갔어. 그다음은 어떻게 되었는지 짐작이 되지? 선생님은 엄마께 문자를 보냈고, 숙제는 두 배로 늘어났어. 그리고 집에 와서는 엄마께 폭풍 잔소리를 들었지. 숙제부터 해 놓고 놀 걸 그랬다는 생각을 수도 없이 했어. 축 처진 어깨로 일기장을 펼치자 오똑맨이 금세 알아봤어.

"새롬이 너 오늘 무슨 일 있었지?"

"응, 오늘 개교기념일이라 자유 시간이 많았거든. 그래서 여유부리며 숙제 미루다가 결국 못해가서 선생님께 혼나고, 숙제는 두 배가 되고, 엄마한테 또 혼나고 그랬어. 엄마가 숙제부터 하고 놀라고 하셨는데 그 말 들을 걸 그랬어."

"이그, 할 일을 미루니까 그런 일이 생기지!"

"그래서 말인데 오똑맨 오늘은 일기 못 쓸 것 같아. 두 배로 늘어난 영어 숙제해야 하거든."

"신새롬!!! 너 그렇게 혼나고도 아직도 정신 못 차린 거야? 해야 할 일을 미루면 어떻게 되는지 오늘 겪었잖아. 안 되겠다. 오늘 일기는 널 혼내는 일기를 써야겠어!!!"

"날 혼내는 일기를 쓰라고?"

"응, 오늘은 선생님이 되어 너의 오늘 하루를 평가하는 일기를 써 봐. 일기를 쓰다 보면 네가 오늘 무엇을 잘못했는지 알게 될 거야."

"나 진짜 일기 쓸 시간 없는데……."

"얼른 안테나 머리띠 써!!!"

나는 오똑맨의 무서운 목소리에 기가 죽어 안테나 머리띠를 썼지.

오똑맨의
일기
비법 카드
{22}

– 반성 일기 쓰기 –
선생님이 되어 오늘 내 생활에 대해 조언하기

첫째! 하루 일과 중 반성할 거리 찾기
🖊 자신의 하루 일과를 제3자의 눈으로 살펴보고, 반성할 만한 것을 찾아보는 거야.

둘째! 반성하는 이유 쓰기
🖊 반성할 거리를 찾았다면 그 일이 왜 잘못되었는지 선생님의 마음으로 그 이유를 이야기해 봐.

셋째! 조언하기
🖊 잘못한 부분이 있다면 고치도록 노력해야겠지? 선생님이 되어 너의 모습을 보고 앞으로 달라져야 할 부분은 무엇인지, 어떻게 달라져야 할지 조언을 해 보자.

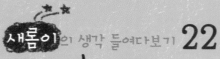

반성 일기 쓰기
- 선생님이 되어 오늘 내 생활에 대해 조언하기 -

시간이 많다는 이유로
영어 학원 숙제를 미루다가
결국 큰 낭패를 봤어.

해야 할 일을 미루고
하지 않은 결과는 참담했어. 선생님께
혼나고, 숙제는 두 배가 되고,
엄마께 폭풍 잔소리 듣고…….

그리고 숙제를 미루고 놀 때도
재미있게 놀긴 했지만 솔직히
놀면서도 숙제 걱정에 불안했거든.
엄마 말처럼 차라리 숙제를 하고 놀걸
그랬어.

앞으로는 할 일을 먼저
해 놓고 쉬는 습관을 가지도록
노력할 거야. 그래야 마음도
더 편하고, 혼날 일도 안 생기겠지?

○○ 월 ○○ 일 ○ 요일	쏴아아~ 시원한 빗줄기! 더위야 물러가라!!

제목 : '나중에, 나중에, 나중에'의 결과

 새롬아, 개교기념일이라 신 나게 놀았지? 생각지도 않은 자유 시간에 무척 신이 났을 거야. 더군다나 집에 잔소리할 사람도 아무도 없어서 더욱 신이 났겠지. 그런데 선생님은 오늘 너의 모습 중 안타까운 부분이 있었어. 어떤 점이 안타까웠는지는 네가 더 잘 알지?

 '나중에, 나중에.' 하며 해야 할 일을 미루었다는 점이야.

 새롬아, 해야 할 일을 미루는 것은 좋지 않은 습관이야. 오늘 종일 '나중에, 나중에' 하며 숙제를 미루어 두었을 때 그 결과가 어땠니? 학원에 가는 내내 마음 졸이고, 또 학원에 가서 친구들 앞에서 선생님께 혼났지? 그걸로 끝이 아니었어. 숙제는 두 배가 되었고, 집에 와서는 엄마께도 폭풍 잔소리를 들었잖아. 그리고 솔직히 오늘 하루 숙제를 미루어 두고 놀 때 마음이 편했니? TV를 볼 때도, 게임을 할 때도 계속 숙제 생각 때문에 마냥 편하지만은 않았을 거야.

 만약 네가 영어 학원 숙제를 다 해 놓고 놀았다면 어땠을까? 놀 때 마음도 편하고, 선생님과 엄마께 혼나는 일도 없었겠지. 당연히 숙제 두 배도 없었을 거고 말이야.

 새롬아, 오늘 일을 교훈 삼아 앞으로는 해야 할 일을 미루지 않았으면 좋겠어. 어차피 해야 할 일이라면 차라리 마음 편하게 먼저 한 다음 다른 일을 하는 것이 좋지 않을까? 그래야 마음도 더 편하고, 혼날 일도 안 생기겠지? 새롬아, 오늘 겪은 일을 통해서 충분히 알았겠지만 해야 할 일을 하지 않고 미루다 보면 나중에 더욱 힘든 일이 생긴단다. 앞으로는 먼저 할 일과 나중에 할 일을 꼭 구분해서 해야 할 일을 미루지 않는 새롬이가 되길 바랄게.

3. 상상 일기

요술램프가 있다면?

"새롬아, 너 뭐해?"

"응, 그냥 집에 가기 싫어서……. 책이나 보다 가려고."

"왜? 무슨 일 있어?"

"오늘 시험 결과 나왔잖아. 집에 가면 죽음이야. 수학 때문에 망했어. 힝, 민희 너는 어때?"

"나는 지난번보다 점수 올랐어. 엄마가 시험 잘 보면 사고 싶은 거 하나 사 주신다고 했거든. 열심히 공부했지. 헤헤"

"좋겠다. 나도 다른 건 다 잘 봤는데 수학 때문에……."

"힘내 새롬아, 그래도 다른 과목은 잘 봤잖아. 엄마도 이해해 주실 거야. 빨리 집에 가자."

"먼저 가 민희야. 나 읽던 책 마저 읽고 갈게."

"그래 그럼. 그런데 무슨 책 읽는 거야?"

"응, 알라딘. 어렸을 때 읽은 책인데 볼 게 없어서 다시 봤는데 재미있네. 나도 요술램프가 있었으면 좋겠어. 그러면 수학 시험 백점 맞게 해 달라고 할 텐데……."

"에이~ 요술램프가 있는데 겨우 소원이 수학 시험 백점이야? 나는 모든 시험 다 백점 맞게 해 달라고 하겠다. 그리고 예쁜 공주 원피스 잔뜩, 또 예쁜 학용품 잔뜩, 또 멋진 집이랑, 또 마법의 양탄자도 태워 달라고 하고, 또 ………."

"민희야 그만, 그만! 하하하 무슨 소원이 그렇게 많냐?"

"아무튼 상상만 해도 좋다. 그치?"

"응, 지금 같아서는 아무것도 필요 없고 수학시험 점수만 쭉 올려줬으면 좋겠어. 수학은 왜 자꾸 내 발목을 잡는 거야!!! 아예 수학을 없애달라고 소원 빌고 싶다."

"기운 내. 다음에 잘 보면 되지 뭐."

"고마워. 민희야. 잘 가고, 내일 살아서 만나자."

"응, 내일 봐."

민희는 다시 한 번 힘내라며 어깨를 토닥거려 주고 집으로 갔어.

"민희는 좋겠다. 시험 잘 봐서 선물도 받고…… 나도 수학만 아니면 칭찬받았을 텐데…… 우씨!!!"

나는 수학이 정말 싫어. 그 복잡한 숫자 계산을 왜 해야 하는 거야? 계산기나 컴퓨터가 있잖아. 아무튼 항상 수학 때문에 시험을 망친다니까. 정말 요술램프가 있다면 얼마나 좋을까? 그러면 수학시험 점수 백점으로 올려서 엄마, 아빠한테 칭찬받을 텐데…… 나는 책을 다 읽고 요술램프가 있는 알라딘을 부러워하면서 무거운 발걸음을 옮겼어.

"다녀왔습니다."

"응, 새롬이 왔니? 시험 점수는 나왔지?"

"네……."

"왜 이렇게 목소리에 힘이 없어? 시험지 얼른 보여줘 봐."

나는 힘없이 시험지를 엄마에게 건넸어. 언제 왔는지 오빠는 싱글벙글 웃으며 간식을 먹고 있었어. 아무래도 시험을 잘 본 모양이야. 오빠가 좋아하는 간식이 한 가득에 오빠 손에는 용돈까지 쥐어져 있는 걸 보면 말이야.

"음, 국어도 잘했고, 사회도 잘 봤네. 우리 딸~ 과학도 이 정도면 잘 했고. 아니!!! 이게 뭐야? 수학이 64점? 신새롬!!! 수학 공부 제대로 한 거야?"

"네, 열심히 했어요. 지난번에도 수학 시험 못 봐서 이번에는 정말 열심히 했어요. 그런데 수학은 너무 어려워요."

"열심히 하긴 뭘 열심히 해? 또 공부하는 척만 하고 딴짓했지? 내가 정말 못 살아!!! 오빠는 만날 수학 백점인데 너는 정말 왜 이러니!!!"

엄마는 오빠와 비교를 시작해서 폭풍 잔소리를 늘어놓으셨어. 나는 정말 억울했어. 열심히 하고 싶은데 수학 공부할 때는 나도 모르게 딴생각이 나고, 집중도 안 되고 재미가 없는 걸 어쩌겠어? 그나마 다른 과목 잘 봐서 넘어가 줄 테니 다음에는 더 잘해야 한다는 신신당부와 함께 긴 잔소리가 끝이 났어.

"빨리 들어가서 수학 공부 좀 해! 간식 방으로 가져다줄게."

"네."

풀이 죽어 들어가는 나를 보고 오빠는 신이 나 죽겠다는 듯이 웃으면서 혀를 내밀었어. 정말 이럴 때는 내가 동생인 게 억울하다니까! 힘없이 터덜터덜 방으로 들어와 책상 앞에 앉았어.

"신새롬, 너 오늘 엄청 혼나는 것 같더라. 무슨 일 있었어?"

"응, 그놈의 수학 때문에!!!"

"수학? 수학이 왜?"

"수학 시험 또 망쳤거든."

"또? 넌 진짜 수학 못 하나 보다. 머리가 좀 나쁜가?"

"야! 오똑맨!!! 가뜩이나 속상해 죽겠는데 너까지 이러기야?"

"헤헤 미안 미안, 기분 풀어. 잘 볼 때도 있고, 못 볼 때도 있고 그런 거지 뭐. 수학은 좀 못 하지만 넌 착하잖아."

"몰라, 그런 말로 위로가 안 돼. 요술램프라도 가져다주면 모를까……."

"요술램프?"

"응, 알라딘에 나오는 요술램프 있잖아. 살살 문지르면 커다란 요정 지니가 나와 모든 소원을 다 들어주는……."

"그런 게 있어? 요술램프 있으면 정말 좋겠네. 잠깐! 새롬아, 내가 오늘 네 요술램프 되어 줄게."

"뭐? 그게 무슨 소리야?"

"오늘 내가 요술램프가 되어 줄 테니까 나한테 네 소원을 다 적어봐."

"에이, 뭐야! 일기 쓰라는 얘기지?"

"하하하, 어떻게 알았어?"

"시시하게……."

"시시하다니! 일기로 써 보면서 잠시나마 네 소원이 이루어지는 상상을 해 봐. 아마 기분이 훨씬 더 좋아질걸!"

"그래? 그럼 한 번 써 볼까? 내 소원을 들어 줘 오똑맨!!!!"

램프의
오똑맨??

오뚝맨의
일기
비법카드
{23}

– 요술램프가 있다면? –

첫째! 요술램프가 있다면 이루고 싶은 노원 생각하기

요술램프가 있다면 어떤 소원을 이야기하고 싶은지 모두 생각해 봐.

둘째! 우선눈위 정하기

그리고 그중에서 가장 바라는 소원 한 가지에서 세 가지 정도를
뽑아 보는 거야.

셋째! 노원이 이루어지면 하고 싶은 일 생각하기

위에서 생각한 소원이 이루어진다면 어떤 일을 하고 싶은지
생각해 봐.

요술램프가 있다면 빌고 싶은 소원은 수없이 많지. 일단 수학 시험 백점!, 좀 더 예뻐지기! 민식이랑 친해지기! 오빠의 누나 되기!, 예쁜 옷 잔뜩 갖기, 운동 잘 하기

어휴, 끝이 없네. 끝이 없어. 다 이루고 싶은 소원인데 이중에서 어떻게 몇 개만 고르지? 그래도 오늘 가장 이루고 싶은 소원은 수학 시험 백점! 그리고 오빠의 누나 되기!

수학 시험 백점을 맞으면 가장 먼저 엄마에게 달려갈 거야. 그래서 당당하게 백점짜리 시험지를 보여 드리고 용돈도 받아야지.

100

그리고 오빠의 누나가 되면 각종 심부름을 다 시키고, 놀리고 괴롭혀 줄 거야. 그러면 동생의 마음을 조금이라도 이해하겠지?

제목 : 수리수리 마수리~ 요술램프야! 내 소원을 들어줘.

　지난주에 본 기말고사 시험 점수가 나오는 날이다. 아니나 다를까 수학 점수가 또 내 발목을 잡았다. 64점……. 도대체 수학은 누가 만든 걸까? 수학이 없다면 얼마나 좋을까? 수학 시험 점수 때문에 엄마한테 실컷 혼나고 있는데 오빠는 싱글벙글 웃으며 심지어 나를 놀리기까지 했다. 오빠는 시험을 잘 봐서 용돈까지 받은 모양이었다. 그러면서 이 불쌍한 동생을 위로해주지는 못할망정 실실 웃으며 놀리고 있다. 정말 이럴 때는 오빠의 누나가 되어서 한 대 콱 쥐어박고 싶은 심정이다.

　나에게 요술램프가 있다면 한 번이라도 좋으니 수학 시험 백점을 맞게 해 달라고 하고 싶다. 1학년 때부터 지금까지 수학 시험을 잘 본 적이 한 번도 없다. 수학 백점은 꿈도 못 꿀 점수이다. 요술램프가 있다면 수학 시험 백점을 맞아 엄마에게 달려가 백점짜리 시험지를 보여드리고 싶다. 그러면 엄마는 잘했다고 칭찬하시면서 오빠한테 줬던 것처럼 용돈도 주시겠지? 백점짜리 수학 시험지를 본 엄마는 어떤 표정을 지을까? 상상만 해도 신나는 일이다.

　또 요술램프가 있다면 오빠의 누나가 되어 보고 싶다. 그냥 나이만 많은 누나가 아니라 오빠보다 뭐든 잘하고 뛰어난 누나 말이다. 오빠는 항상 동생인 나를 놀리고, 괴롭히는 게 일이다. 또 심부름은 왜 그렇게 많이 시키는지……. 그게 동생의 역할이라나? 요술램프에게 내가 오빠보다 뭐든 다 잘하는 누나가 되게 해 달라고 해서 우선 온갖 심부름을 다 시켜보고 싶다. 그리고 투덜대면 이렇게 말할 것이다.

"그게 동생의 역할이야!!!"

또 오빠보다 시험을 훨씬 더 잘 봐서 엄마에게 칭찬을 들으며 오빠를 실컷 놀려주고 싶다. 참, 용돈도 받아서 오빠 보는 앞에서 사고 싶은 것 잔뜩 사면서 약 올려 줘야지. 그러면 아마 오빠도 만날 놀림당하고 심부름만 하는 동생인 나의 심정을 이해하지 않을까?

일기 비법카드
[24]

나에게 100만원이 있다면?

"여보!!! 이게 뭐예요???"

"어? 그…… 그게 말이지……. 그게 뭐냐면……."

"왜 말을 못해요? 이게 무슨 돈이냐고요!!! 왜 돈이 당신 베개에서 나와요!!!"

"그……그게……."

"혹시 나 몰래 숨겨둔 비상금이에요? 이게 다 얼마야? 50만 원??? 당신! 이 돈 다 어디에서 났어요?"

"내가 용돈 아끼고 아껴서 모은 거야. 이리 줘!"

사건은 여름맞이 대청소에서 시작되었어. 그동안 덮었던 이불이랑 침대 커버, 베게 커버까지 싹 다 바꾸며 집안 구석구석을 청소하시던 엄마가 아빠 베개에서 아빠가 숨겨놓은 비상금을 발견하신 거지.

엄마와 아빠는 그 뒤로도 한참을 싸우셨어. 분명 어디 돈이 더 있을 거라는 엄마, 이제 한 푼도 없다는 아빠. 어떻게 돈을 모았느냐, 분명 보너스 같은 거 받은 게 틀림없다는 엄마, 용돈 아끼고 아껴서 모은 돈이라는 아빠. 절대 돌려줄 수 없다는 엄마, 쥐꼬리만한 용돈 아끼고 아껴 모은 피 같은 돈이니 돌려달라는 아빠.

오빠와 나는 엄마와 아빠의 눈치를 보며 엄마가 하다 만 청소를 했어. 이럴 때 잘못 걸렸다가는 혼나는 건

시간문제니까 알아서 잘해야 하거든. 그런데 그때 급기야 엄마가 울음을 터뜨리셨어.

"아이고! 나만 아껴서 뭘 해! 남편은 이렇게 따로 비상금이나 만들고 있는데……. 나만 하고 싶은 거 안 하고, 먹고 싶은 거 안 먹고, 사고 싶은 거 안 사고……. 나만 이러면 뭐해."

"이거 정말 왜 이래! 나도 아끼고 아껴서 모은 거라니까. 내가 그 돈 모으느라고 얼마나 힘들었는데! 정말 따로 돈 받은 거 아니고, 내 용돈 아꼈다고!!!"

그 뒤로도 엄마와 아빠의 분위기는 냉랭했어. 같이 앉아서 텔레비전을 볼 때고, 밥을 먹을 때도 말 한마디 하지 않았지. 나까지 밥이 입으로 들어가는지 코로 들어가는지 모르겠더라고.

"엄마~ 인제 그만 화 푸세요. 네?"

나는 용기를 내어 엄마에게 말을 건넸어.

"네 아빠가 그 돈 어디에서 났는지 말하기 전까지는 절대 화 못 푼다고 전해!"

엄마는 뻔히 아빠가 앞에 있는데도 나한테 말을 전하라고 하셨어.

"아빠아~ 아빠가 먼저 화해하세요. 네?"

"네 엄마가 돈 돌려주기 전까지는 절대 그럴 생각 없다고 전해라!"

아빠 역시 엄마가 코앞에 있는데 나한테 말을 전하라고 하시면서 방으로 들어가셨어.

"엄마아~"

"치, 나는 여름 샌들 하나 제대로 된 게 없어서 하나 살까 하다가 돈 아끼느라고 참았구

먼. 친구 중에 명품 가방 하나 없는 사람은 나밖에 없어!!!"

엄마는 아빠 들으라는 듯이 크게 소리치셨어.

"하이고! 누가 할 소리!!! 요즘 나 같이 구식 스마트 폰 들고 다니는 사람이 어디 있어!!! 요즘 세상이 어떤 세상인데!!! 이렇게 빨리 바뀌는 세상에 나만 3G폰이라고!!! 쥐꼬리만한 월급 아끼고 아껴서 LTE폰 하나 사서 나도 좀 빨라지려고 했다!!! 나는 좀 빨라지면 안 되냐? 흥!"

아빠도 지지 않고 방에서 소리치셨어. 엄마와 아빠의 한숨 소리에 내 마음이 다 푹 꺼지는 것 같았어. 나는 아빠도 이해가 되고 엄마도 이해가 됐어.

얼마 전 아빠 친구들을 만났는데 정말 아빠 핸드폰만 구식이더라고. 아빠가 슬그머니 핸드폰을 가방에 넣는 것을 보고 얼마나 마음이 아팠는지……. 엄마도 마찬가지야. 엄마랑 같이 백화점에 갔는데 마음에 드는 샌들이 있었는지 한참을 보고 계시지 뭐야. 그러더니 한숨을 푹 쉬시고는 그냥 돌아서셨어. 그리고 집에 오는 길에 엄마 친구를 만났는데 엄마 친구가 가방을 하나 샀는지 한참을 가방 자랑을 하더라고. 엄마는 친구랑 헤어지고 나서 '치~ 저런 가방이 뭐가 중요해?'라고 하셨지만, 물끄러미 친구 가방을 보던 엄마의 눈에는 부러움이 가득 차 있었어.

엄마랑 아빠는 항상 우리 것이 먼저였어. 그래서 나는 엄마, 아빠는 사고 싶은 것이 없는 줄 알았는데 그동안 사고 싶은 것이 있어도 일단 우리 것부터 사 주셨던 것 같아. 나는 냉랭한 분위기를 풀어드리지 못하고 땅이 꺼지라고 한숨을 쉬며 방으로 들어왔어.

"오똑맨, 너 돈 좀 있어?"

"뭐? 갑자기 무슨 돈타령이야?"

"하긴, 네가 돈이 있을 리가 없지."

"어? 얘가 일기장 무시하네! 내가 돈이 왜 없어!!!"

나는 오똑맨의 말에 귀가 번쩍 뜨였어.

"너 돈 있어???"

"당연히…… 없지. 하하하."

"에이, 뭐야. 나 지금 장난할 기분 아니야."

"무슨 일인데 그래? 돈은 왜 필요한데?"

"돈 있으면 하고 싶은 일이 너무 많다. 하늘에서 한 100만원만 안 떨어지나?"

"그게 뭐 어려워? 요술램프도 만들었는데 100만원 쯤이야! 100만원이 생겼다고 생

각하고 이 오똑맨한테 다 말해 봐. 어떻게 쓰고 싶은데?"

"그래? 그럼 오늘은 100만원이 생겼다는 상상을 한 번 해볼까?"

"좋아, 오늘의 상상일기 시작해보자. 새롬아, 머리띠 써 봐!"

"응, 상상에서라도 돈 좀 팍팍 쓰고 싶다."

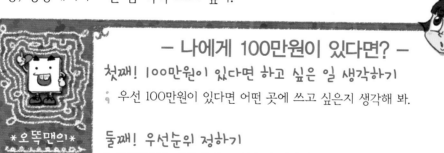

– 나에게 100만원이 있다면? –

첫째! 100만원이 있다면 하고 싶은 일 생각하기
- 우선 100만원이 있다면 어떤 곳에 쓰고 싶은지 생각해 봐.

둘째! 우선순위 정하기
- 100만원을 어떻게 쓰고 싶은지 생각했다면 그 중 가장 하고 싶은 것 순서대로 우선순위를 정해봐.

셋째! 이유 생각하기
- 100만원을 쓰고 싶은 우선순위까지 정했다면 그렇게 생각한 이유를 이야기해 봐.

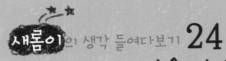 **의 생각 들여다보기 24**

나에게 100만원이 있다면?

만약 100만원이 생긴다면
게임기도 사고 싶고, 스마트 폰도
사고 싶고, 컴퓨터도 사고 싶어. 그리고
아빠의 스마트 폰, 엄마의 샌들과
가방을 사드리고 싶어.

내가 사고 싶은 것도 많지만
우선 이번에는 엄마, 아빠를 위해
쓰고 싶어.

아빠의 스마트폰, 엄마의
샌들과 가방을 사 드리고 싶어.
그러면 두 분이 화해하시겠지?

엄마 아빠도 우리처럼
갖고 싶은 게 있다는 걸 깨달았어.
매일 우리에게 양보하신 부모님께
이번에는 내가 양보하고 싶어.

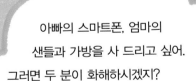

○○ 월 ○○ 일 ○ 요일	먹구름이 해님을 삼켜버린 날 ☀️☁️☂️⛄

제목 : 우당탕탕!!! 아빠의 비상금

엄마가 대청소하다가 아빠의 비상금을 찾아내셨다. 엄마는 아빠한테 속았다며 배신감을 느낀다고 하셨고, 아빠는 구식 핸드폰에서 탈출하고 싶어 비상금을 아끼고 아껴서 모은 돈이라고 하셨다. 엄마는 엄마도 사고 싶은 신발, 가방 다 있지만, 꾹 참았는데 어떻게 이럴 수 있냐며 절대 돌려줄 수 없다고 하셨고, 아빠는 혼자만 3G폰을 쓰고 있다면서 남들처럼 LTE폰 갖고 싶어서 아끼고 아껴 모은 돈이라며 돌려달라고 하셨다. 아무래도 두 분의 싸움이 쉽게 끝날 것 같지 않았다. 이럴 때 나에게 100만 원이 있다면 얼마나 좋을까?

만약 나에게 100만 원이 생긴다면 사고 싶은 것이 너무 많다. 게임기, 스마트 폰, 컴퓨터 등 사고 싶은 것은 무한대이지만 지금은 100만 원이 있다면 엄마, 아빠를 위해 쓰고 싶다. 회사에서 혼자만 구식 핸드폰을 가지고 있으시다는 아빠를 위해 최신식 스마트 폰을 사드릴 것이다. 그리고 백화점에서 엄마께서 넋을 놓고 바라보셨지만 결국 사지 않고 참으셨던 샌들을 사 드리고 싶다. 엄마가 바라보셨던 예쁜 샌들을 신고 여름을 보내신다면 얼마나 신이 나실까? 상상만 해도 즐겁다.

지금까지 아빠와 엄마는 사고 싶은 것도 먹고 싶은 것도 없으신 줄 알았다. 항상 우리가 먹고 싶은 것, 우리가 사고 싶은 것이 우선이었기 때문에 엄마와 아빠는 바라는 것이 없는 줄 알았다. 하지만 엄마도, 아빠도 사고 싶고, 가지고 싶은 것이 있다는 것을 알았다. 앞으로는 엄마와 아빠의 마음을 잘 헤아려 드리는 딸이 되어야겠다.

내가 남자, 혹은 여자라면?

"악!!! 너희 뭐하는 거야?"

"빨리 내놔!!!"

"잡히면 가만 안 둬!!!"

세연이가 공기를 가지고 와서 점심시간에 친구들과 공기놀이를 하고 있는데 우리 반 대표 장난꾸러기 고동석, 주태영이 공기를 빼앗아 갔지 뭐야. 민희가 꺾기를 하려던 순간 민희의 손등에 올려 있던 4개의 공기알을 획 가져가 버린 거야. 민희는 동석이와 태영이를 잡으러 뛰어다녔고, 세연이는 자기 공기 잊어버리게 생겼다고 울먹였어. 나는 그런 세연이를 위로해 주고 있었지. 그때였어. 민희에게 잡힌 동석이가 우리 쪽을 바라보며 씩 웃더니 공기를 창밖으로 던져버리는 거야. 우리는 너무 당황해 아무 말도 하지 못했어. 그런데 동석이, 태영이를 비롯한 남자아이들은 뭐가 그렇게 재미있는지 깔깔거리며 웃고 있지 뭐야!

"야!!! 고동석, 너 뭐하는 거야!!!"

민희가 잽싸게 동석이의 손을 잡았지만 이미 공기는 창밖으로 날아간 뒤였어.

"악! 나 몰라. 어제 새로 산 공기인데. 아아앙~"

세연이는 울음을 터뜨렸고 나는 동석이가 공기를 던진 곳으로 후다닥 뛰어나갔지.

"분명히 여기로 던졌는데……. 여기 있다. 하나 찾았다."

"으아악~ 미안 미안!!!! 아악~~~"

교실에서 동석이의 비명이 들리는 걸로 봐서 민희가 응징을 해 주고 있는 것 같았어.

"고동석 쌤통이다!!!! 그나저나 공기는 다 어디에 있는 거야."

"새롬아, 공기 찾았어?"

어느새 동석이를 다 혼내 주었는지 민희가 나오고 있었어.

"아니, 아무리 찾아도 없어."

"어? 거기 하나 또 있다. 네 발밑에."

"어라, 그러네. 역시 등잔 밑이 어둡다니까."

"그럼 몇 개 찾은 거야? 세연이 울고 난리 났어."

"두 개밖에 못 찾았어."

"아무튼 남자들은 이상해. 왜 여자들을 괴롭히지 못해서 저 난리야!!!"

"그러게 말이야. 어? 하나 더 찾았다. 민희야. 이제 하나만 더 찾으면 돼."

하지만 그 뒤로 아무리 찾아봐도 나머지 공기 하나는 나오지 않았어. 수업 종이 울릴 때가 되어 민희랑 나는 할 수 없이 공기 세 개만 가지고 교실로 들어갔지. 세연이는 아직 분이 안 풀렸는지 씩씩거리며 울먹이고 있었어.

"세연아, 여기 공기."

"민희야, 새롬아, 고마워."

"그런데 하나를 못 찾았어. 어떻게 하지?"

"어쩔 수 없지 뭐. 훌쩍."

"야! 고동석! 너 세연이 공기 하나 찾아내 빨리!!!"

민희는 동석이에게 따지러 달려가는데 선생님께서 들어오셨어. 수업 시간 내내 남자애들에 대해 생각해 봤어. 남자아이들은 도대체 왜 그러는 걸까? 왜 여자들을 괴롭히고 자기들끼리 깔깔대며 재미있다고 웃는 걸까? 준비물을 빼앗아 가지 않나, 열심히 필기해 놓은 공책을 들고 도망 다니지 않나, 화장실에 가면 쫓아와서 불을 끄고 킥킥대질 않나. 정말 이해가 안 돼. 정작 자기들은 우리가 자기들 축구할 때 운동장으로 지나가기만 해도 빨리 비키라고 야단이면서 말이야.

수업이 다 끝나고 집에 가기 전에 세연이, 민희와 함께 다시 한 번 공기를 찾아봤지만 헛수고였어. 우리는 할 수 없이 포기하기로 하고 집으로 돌아왔지.

"다녀왔습니다."

"새롬이 왔니? 얼른 와서 손 씻고 간식 먹어. 엄마가 새롬이 좋아하는 떡볶이 해 놨어."

"진짜요? 앗싸 떡볶이다!!!"

나는 얼른 손을 씻고 포크로 떡볶이를 하나 콕 집었어. 그때였어. 어디에서 나타났는지 오빠가 내 손에서 포크를 낚아채가더니 자기 입으로 쏙 넣는 거야.

"오빠, 왜 그래!!! 떡볶이 여기에도 많잖아! 왜 굳이 내가 집은 걸 빼앗아가?"

"아, 미안. 얼른 먹어 동생~"

오빠는 포크를 돌려주며 미안하다고 했고, 나는 씩씩거리며 다시 떡볶이를 집었어. 그때였어. 또다시 오빠는 내 포크를 빼앗아 떡볶이를 자기 입으로 쏙 넣지 뭐야. 그리고는 뭐가 좋은지 배꼽을 잡고 웃는 거야.

"오빠!!! 도대체 왜 그래?"

"신새오. 너 왜 그래? 무슨 심보야!!! 네 것도 담아 놨잖아. 빨리 새롬이 포크 주고 네 거나 먹어!"

"네. 킥킥킥 엄마 저 방에서 먹을게요."

오빠는 뭐가 그리 재미있는지 킥킥거리며 방으로 들어갔어.

"엄마, 남자들은 참 이상해요."

"뭐가?"

"왜 저렇게 유치해요?"

나는 정말 이해가 안 돼서 오늘 학교에서 있었던 일을 이야기 해 드렸어.

"하하하, 그런 일이 있었어? 엄마 학교 다닐 때도 그랬어. 고무줄놀이하고 있으면 남자애들이 꼭 끊고 도망가고 치마 입고 가면 아이스케키인지 뭔지 하며 치마 들추고. 옛날이나 지금이나 남자애들은 여전하구나."

엄마는 재미있다는 듯 웃으며 이야기했지만 나는 전혀 재미가 없었어. 정말 이해가 안 됐거든. 떡볶이를 먹고 방으로 들어와 오똑맨을 불렀어.

"오똑맨!"

"응, 오늘은 왜 이렇게 일찍 찾아?"

"오똑맨, 너도 남자야? 하긴 그러니까 맨이겠지?"

"남자? 그건 또 무슨 소리야?"

"남자냐고 여자냐고?"

"남자, 여자?"

"그러니까 우리 오빠는 남자고, 나는 여자잖아. 너는 뭐냐고?"

"일기장에 남자, 여자가 어디 있어? 그냥 일기장이지. 그런데 갑자기 그건 왜 물어?"

"응, 그냥 남자들이 이해가 안 돼서 너도 남자면 왜 그러는 건지 한번 물어보고 싶어서."

"이건 또 무슨 소리야."

나는 오똑맨의 이해를 돕기 위해 오늘 학교에서 있었던 일과 방금 오빠랑 있었던 일을 이야기해 주었어.

"그래서, 나는 남자가 이해 안 된다고, 도대체 왜 그런 유치한 장난을 치는 거야? 내가 남자라면 안 그럴 텐데……'

"새롬이 네가 남자라면 어떻게 할 건데?"

"내가 만약 남자라면? 음……"

"잠깐! 그건 말로 하지 말고 글로 쓰자. 일기로 말이야."

"그래? 그럼 오늘의 일기는 '내가 만약 남자라면?' 이야?"

"이제 척하면 척이네. 어때? 재미있겠지? 새롬이 네가 바라는 남자의 모습은 어떤 모습인지 궁금하다. 얼른 써 보자."

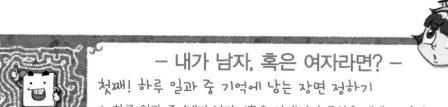

– 내가 남자, 혹은 여자라면? –

첫째! 하루 일과 중 기억에 남는 장면 정하기

- 하루 일과 중 '내가 남자, (혹은 여자)라면 좋았을 텐데……' 라고 생각했던 일이나, 아니면 '내가 남자, (혹은 여자)라면 이렇게 했을 텐데……' 라고 생각했던 일을 정해봐.

둘째! 내가 남자(혹은 여자)라면 어떻게 했을지 상상해 보기

- 위에서 정한 장면 속에서 네가 남자(혹은 여자)라면 어떻게 행동했을 것 같은지 한 번 상상해 봐.

셋째! 이유 생각해 보기

- 네가 남자(혹은 여자)라면 어떻게 행동했을지 상상해 봤다면 왜 그렇게 행동을 하고 싶은지 그 이유를 써 보는 거야.

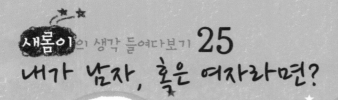

내가 남자, 혹은 여자라면?

오늘 가장 기억에 남는
장면은 동석이랑 태영이가
공기를 빼앗아 가더니 창밖으로
던진 일이야.

만약 내가 남자였다면 당연히
공기를 빼앗아 가지 않았을 거야.
오히려 장난꾸러기들이 방해하지
못하도록 지켜줬겠지.

또 동석이가 공기를 던질 때
그 모습을 보고 웃고 있는 게
아니라 동석이가 공기를 던지지
못하도록
막아줬겠지.

기사도 정신이라는 게 있잖아.
남자는 자신보다 약한 여자를
지켜줄 의무가 있다고 생각해.
그리고 그런 남자가 멋진 남자잖아.

제목 : 남자라면 기사처럼!

 세연이가 공기를 가져와서 점심시간에 재미있게 공기놀이를 했다. 그런데 우리 반 장난꾸러기 동석이와 태영이가 우리의 즐거운 시간을 방해했다. 우리가 가지고 놀던 공기를 빼앗아 간 것이다. 민희가 공기를 빼앗아 간 동석이를 잡았지만 동석이는 공기를 창밖으로 던지고 말았다. 결국 세연이는 울음을 터뜨렸고, 우리의 즐거운 놀이는 끝이 나 버렸다. 우리는 밖으로 나가 열심히 공기를 찾았지만 결국 하나를 잃어버리고 말았다. 그런데 그걸 지켜보던 남자아이들의 반응은 더 황당했다. 무슨 재미있는 일이라도 있는지 깔깔대며 웃고 있는 것이 아닌가? 도대체 뭐가 재미있다는 건지……. 남자아이들을 도통 이해할 수가 없다. 만약 내가 남자였다면 장난꾸러기들의 방해로부터 여자아이들을 지켜 주었을 것이다. 여자아이들이 즐겁게 공기놀이를 할 수 있도록 방해하는 남자애들은 근처에도 못 오게 할 것이다. 또 동석이나 태영이 같은 아이가 공기를 빼앗아 가면 그걸 보고 재미있다고 웃는 게 아니라 잽싸게 그 아이들을 잡아 아무 이유 없이 괴롭힘을 당하는 여자아이들에게 사과하도록 하고 공기도 정중하게 돌려주라고 할 것이다. 그리고 공기를 이미 창밖으로 던졌다면 공기를 빼앗겨 슬퍼할 친구를 위해 밖으로 나가 최선을 다해 공기를 찾아 줄 것이다. 그런 남자아이들이 있다면 얼마나 좋을까? '기사도 정신' 이라는 게 있다고 한다. 남자는 자기보다 약한 여자나 힘없는 아이들을 지켜주는 것이 바로 '기사도 정신' 이다. 그런데 요즘 남자 아이들을 보면 이런 기사도 정신은 없고 자기보다 약한 아이들을 괴롭히는 애들이 더 많은 것 같다. 제발 자기보다 약한 친구들을 지키고 보호해 주는 멋진 남학생들이 많아졌으면 좋겠다.

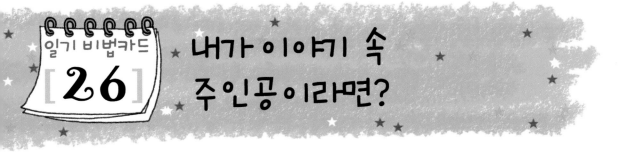

내가 이야기 속 주인공이라면?

"아함~ 심심해. 엄마, 방학인데 우리는 어디 안 가요?"

"지난번에 수영장 갔다 왔잖아."

"에이, 겨우 수영장이요? 다른 애들은 해외여행도 많이 가는데……."

"해외여행은 무슨? 그렇게 심심하면 책이라도 좀 읽어. 너 방학하고 책 읽는 걸 한 번도 못 봤어! 자, 수박 먹고."

"네. 방에 가지고 가서 먹을게요."

수박을 가지고 방에 들어왔지만 딱히 할 일이 없었어.

"다른 애들은 방학이라 신 나게 놀 텐데 나는 이게 뭐람! 아~~~ 심심해. 진짜 책이라도 볼까? 뭘 보면 재미가 있으려나? 만화책? 만화책들은 이미 많이 봤던 거라 재미 없을 것 같은데……. 어? 이건 뭐지? 이런 책도 있었나?"

나는 익숙한 책들 사이에 낯설게 꽂혀 있는 책 하나를 발견했어.

"박씨부인전? 뭐야. 주인공이 왜 이렇게 못생겼어. 이 여자가 박 씨 부인인가?"

호기심에 책을 펼쳐보니

'사랑하는 조카 새롬이에게 이모가'

라고 써있지 뭐야.

"아, 이모가 선물해 준 책이구나. 어디 한 번 읽어볼까?"

'박씨부인전'은 옛날 소설이라 그런지 어려운 단어가 많아서 읽기 쉽지는 않았어. 그래도 주인공 박 씨 부인의 이야기는 매우 흥미로웠어. 박 씨 부인은 원래 엄청 엄

~~~청 못 생긴 여자였어. 그래서 아버지들의 약속 때문에 억지로 결혼한 박 씨 부인의 남편은 박 씨 부인을 쳐다보지도 않고 무시했지. 그건 남편의 어머니인 시어머니도 마찬가지였어. 박 씨 부인을 안타까워하는 사람은 오직 시아버지밖에 없었어. 그런데 박 씨 부인은 얼굴은 못생겼지만, 신기한 능력을 가지고 있는 사람이었어. 박 씨 부인은 각종 도술을 부려 남편과 시아버지를 도와주었지. 그러던 어느 날 박 씨 부인의 아버지는 박 씨 부인에게 이제 허물을 벗어도 된다고 했고, 아버지의 말을 듣고 박 씨 부인이 허물을 벗자 아주 아~~~주 아름다운 미인이 되었어. 그 뒤로 남편의 태도와 시어머니의 태도는 달라졌지. 그리고 박 씨 부인은 신비한 능력으로 당시 조선에 쳐들어온 청나라 군대를 무찔러 나라까지 구하고 임금님께 상을 받는다는 내용이야.

"어? 꽤 재미있네."

"뭐가?"

"아, 오똑맨, 이 책 말이야"

"'박씨부인전?' 책 제목이 뭐 그래? 그나저나 새롬이 네가 웬일이냐 책을 다 읽고?"

"하도 심심해서 읽었는데 꽤 재미있었어. 마음에 들지 않는 부분도 있었지만 말이야."

"마음에 들지 않는 부분이 있었다고?"

오똑맨은 이렇게 말하면서 의미심장한 미소를 지었어.

"뭐야 오똑맨 너 또 무슨 일기 쓸지 생각했구나?"

"올~ 신새롬 제법인데? 오늘의 일기는 '내가 이야기 속 주인공이라면?'

어때? 재미있겠지? 네가 오늘 읽은 이야기 중 마음에 안 드는 부분을 고쳐보는 거

야."

"그래, 그거 재미있겠다. 그럼 일기 비법카드를 꺼내 볼까?"

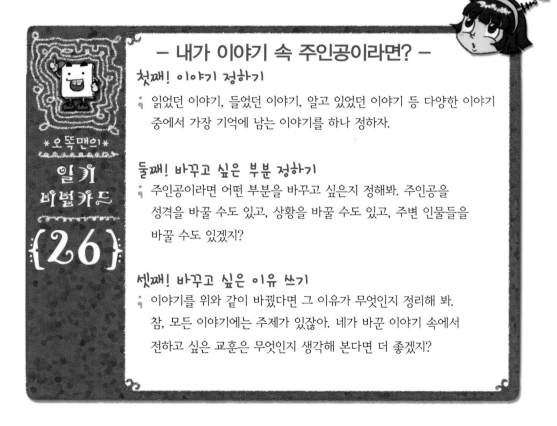

★오똑맨의★ 일기 비법카드 {26}

– 내가 이야기 속 주인공이라면? –

첫째! 이야기 정하기

읽었던 이야기, 들었던 이야기, 알고 있었던 이야기 등 다양한 이야기 중에서 가장 기억에 남는 이야기를 하나 정하자.

둘째! 바꾸고 싶은 부분 정하기

주인공이라면 어떤 부분을 바꾸고 싶은지 정해봐. 주인공을 성격을 바꿀 수도 있고, 상황을 바꿀 수도 있고, 주변 인물들을 바꿀 수도 있겠지?

셋째! 바꾸고 싶은 이유 쓰기

이야기를 위와 같이 바꿨다면 그 이유가 무엇인지 정리해 봐. 참, 모든 이야기에는 주제가 있잖아. 네가 바꾼 이야기 속에서 전하고 싶은 교훈은 무엇인지 생각해 본다면 더 좋겠지?

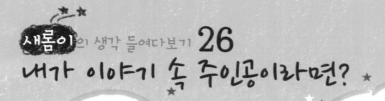

내가 이야기 속 주인공이라면?

오늘 바꾸어볼 이야기는
'박씨부인전'이야. 신비한 능력을
가진 주인공이 아주 매력적이었거든.

박 씨 부인은 예뻐지고 나서
태도가 달라진 남편과 시어머니를
그냥 용서했지만 내가 박 씨
부인이라면 남편인 시백과
시어머니를 혼내 줄 거야.

남편과 시어머니는
박 씨 부인의 외모만 보고
평가했고, 온갖 구박을 다 했잖아.

그래, 내가 바꾼 이야기의
교훈은 '외모만 보고 사람을
평가해서는 안 된다.'로 하자.

제목 : 허물을 벗고 멋진 나비가 된 박 씨 부인

 방학이라 하루 종일 집에서 심심해하다가 우연히 책장에 꽂힌 낯선 책을 발견했다. 그 책은 이모가 선물해 주신 '박씨부인전' 이었다. 표지에 있는 주인공이 너무 못생겨서 오히려 호기심이 생겼다. 도대체 어떤 이야기일까?

 '박씨부인전' 은 생각했던 것보다 훨씬 재미있는 이야기였다. 못생겼다는 이유로 남편과 시어머니에게 구박을 받던 박 씨 부인은 착한 마음과 뛰어난 신통력을 가진 인물이었다. 남편과 시어머니는 박 시 부인의 마음은 보지 못하고 못생긴 외모만 보고 박 씨 부인을 구박하고 멀리했다. 하지만 박 씨 부인은 이들을 원망하지 않고 성심성의껏 도와준다. 그러던 어느 날 박 씨 부인은 아버지에게 그만 허물을 벗으라는 이야기를 듣고 허물을 벗는다. 허물을 벗자 박 씨 부인은 세상에 둘도 없는 예쁜 여자로 변한다. 그 뒤 남편과 시어머니의 태도는 180도로 바뀌어 박 씨 부인은 사랑을 듬뿍 받는다. 또 박 씨 부인은 신비한 능력으로 당시 조선에 쳐들어온 청나라 군대를 무찔러 나라까지 구하고 임금님께 상을 받는다.

 이야기에서 박 씨 부인은 못생겼다고 자신을 무시한 남편과 시어머니를 너그럽게 용서했지만, 만약 내가 박 씨 부인이었다면 나는 절대 그들을 그냥 용서하지 않을 것이다. 외모만 보고 구박을 하고, 멀리하며 무시했던 남편과 시어머니는 벌을 받아야 한다고 생각한다. 만약 내가 박 씨 부인이었다면 신통력으로 남편과 시어머니의 얼굴을 아주 못 생기게 만들어 버릴 것이다. 그래서 많은 사람들의 비웃음거리가 되도록 할 것이다.

그리고 그들이 자신의 행동에 대해 반성을 하고 뉘우친다면 그때 다시 원래대로 돌려줄 것이다. 외모만 보고 박 씨 부인을 무시하고 구박했을 때 박 씨 부인의 마음이 어땠을지 직접 느껴봐야 다시는 그런 행동을 하지 않을 것이기 때문이다. 또 그래야 남편과 시어머니는 외모로 사람을 평가하는 것이 얼마나 어리석은 일인지 절실하게 깨달을 수 있을 것이다.

내가 아빠, 혹은 엄마가 된다면?

"아빠, 오늘 놀이공원 가기로 약속했잖아요. 네? 늦게 가면 사람 많아서 놀이기구도 많이 못 타잖아요. 얼른 일어나세요."

"응, 새롬아, 아빠 너무 피곤해서 그래. 5분 만 더 잘게. 5분 있다가 깨워."

하지만 아빠는 5분 뒤에도 50분 뒤에도 일어나지 않으셨어. 한 참을 더 주무시던 아빠는 한낮이 되어서야 일어나셨지.

"아아함~ 지금 몇 시지? 아이고, 벌써 시간이 이렇게 됐네. 새롬아, 아빠 깨우라니까 왜 안 깨웠어?"

시계를 보고 민망하셨는지 아빠는 괜히 내 핑계를 대시지 뭐야.

"아빠! 열 번, 아니 백 번도 더 깨웠거든요."

"하하하 그랬나? 아이고 배고프다. 여보, 오늘 점심 메뉴는 뭐야?"

아빠는 은근슬쩍 주방으로 들어가셨어. 오늘 놀이공원에 가겠다는 약속은 애초부터 지킬 생각이 없으셨던 것 같지? 오늘이 오기만을 손꼽아 기다리던 나는 너무 화가 나서 아빠를 따라 주방으로 갔어.

"아빠! 어떻게 이러실 수가 있어요? 제가 오늘을 얼마나 기다렸는지 아세요?"

"그랬어? 우리 딸 미안, 아빠가 너무 피곤해서……. 다음에는 무슨 일이 있어도 꼭 갈게."

"지난번에도 다음에는 무슨 일이 있어도 꼭 간다고 하셨잖아요! 지금이라도 얼른 가요!"

"지금 가면 너무 늦지 않을까? 새롬아, 다음에 꼭 가자. 알았지?"

아빠는 나를 피해 얼른 방으로 들어가셨어.

"치! 아빠는 매일 다음에, 다음에!"

"신새롬, 아빠 일이 많으셔서 너무 피곤하셨다잖아. 다음에 가면 되지 뭘 그렇게 투덜대고 그래!"

"약속은 꼭 지키는 거잖아요. 제가 이날을 얼마나 기다렸는데요."

"다음에는 엄마가 나서서 꼭 가자고 할 테니까 오늘은 새롬이가 참아. 알았지? 대신 엄마랑 오늘 백화점 갈까? 새롬이 너 여름 원피스 사고 싶다고 했잖아."

"정말요? 좋아요, 좋아."

엄마는 풀이 죽어 있는 내 모습이 안쓰러워 보이셨는지 원피스를 사 주신다고 하셨어. 물론 놀이공원에 못 간 것은 안타까운 일이지만 그래도 이게 어디야? 놀이공원은 다음에 가면 되는 거고, 예쁜 원피스까지 얻었으니 전화위복 아니겠어? 아무튼 나는 엄마의 말에 기분이 다시 좋아졌지. 그런데 아무리 시간이 흐르고 흘러도 엄마는 외출 준비를 하지 않으시는 거야.

"여보, 오늘 저녁에는 콩국수 할까 하는데 어때요?"

"콩국수? 좋지."

"엄마, 근데 백화점은 언제 가는 거예요? 우리 오늘 저녁 백화점에서 쇼핑하고 맛있는 거 사먹으면 안 돼요?"

"응? 백화점? 무슨 백화점?"

"아까 엄마가 오늘 백화점에 가서 여름 원피스 사 주신다고 했잖아요."

"아하 그거. 엄마가 오늘이라고 했어? 오늘이라고는 안 한 것 같은데."

"분명 오늘이라고 하셨어요. 제가 똑똑히 들었어요."

"이거 어쩌지. 새롬아. 오늘은 엄마가 밀린 집안일 하니라 정신이 없었던 거 너도 잘 알잖아. 백화점은 다음에 가자. 대신 엄마가 콩국수 맛있게 해 줄게."

"그런 게 어디 있어요. 오늘 간다고 했잖아요. 빨리 가요. 빨리요!"

"오늘 얘가 왜 이렇게 떼를 부려! 오늘은 안 돼. 저녁 먹고도 할 일이 산더미야. 다음에 가자니까."

"아빠도 엄마도 매일 다음에, 다음에! 약속 안 지키는 어른이 제일 싫어요!!!"

"너 계속 이렇게 떼 부리면 다음에도 없을 줄 알아! 이럴 시간 있으면 들어가서 책이라도 읽어!"

엄마는 도리어 나에게 화를 냈어. 지금 화낼 사람이 누군데 참내. 어이가 없었어. 하지만 힘없는 나는 엄마의 불같은 모습에 꼬리를 내리고 방으로 들어왔지.

"정말 너무해!!!"

"왜? 무슨 일이야?"

내가 투덜대면서 방에 들어오니 오똑맨이 잠에서 깨면서 물었어.

"어른들은 약속을 무슨 일회용품이라고 생각하나 봐. 그냥 한 번 하고 휙 버리면 그만이라고 생각하나 봐."

"그게 무슨 소리야? 누가 약속을 버렸어?"

"응, 우리 엄마랑, 아빠."

"약속을 어떻게 버려?"

"약속을 안 지켰다는 말이야. 우리 엄마랑, 아빠가. 나는 나중에 엄마가 되면 절대 약속 안 지키는 엄마는 되지 않을 거야. 아이랑 한 약속은 무슨 일이 있어도 꼭 지키는 엄마가 될 거야."

"치, 그 약속을 어떻게 믿어?"

"두고 봐. 내가 지키는지 안 지키는지."

"음, 두고 보려면 증거가 필요한데……. 그렇지!!! 오늘 일기에 너의 각오를 한 번 써 보는 게 어때? 어떤 엄마가 될 건지 말이야. 그러면 증거가 될 수 있을 것 같지 않아?"

"좋아. 내가 지키는지 안 지키는지 오똑맨 네가 똑똑히 지켜봐."

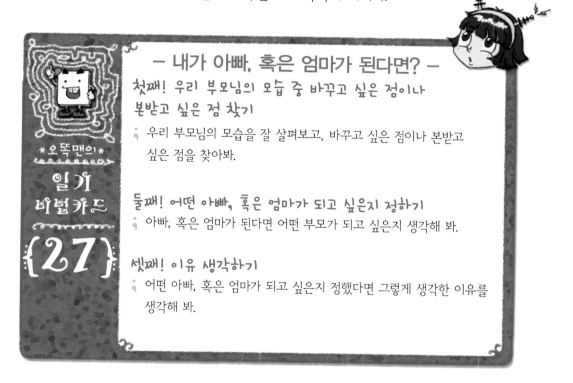

＊오똑맨의＊
일기
비법카드
{27}

– 내가 아빠, 혹은 엄마가 된다면? –

첫째! 우리 부모님의 모습 중 바꾸고 싶은 점이나 본받고 싶은 점 찾기

- 우리 부모님의 모습을 잘 살펴보고, 바꾸고 싶은 점이나 본받고 싶은 점을 찾아봐.

둘째! 어떤 아빠, 혹은 엄마가 되고 싶은지 정하기

- 아빠, 혹은 엄마가 된다면 어떤 부모가 되고 싶은지 생각해 봐.

셋째! 이유 생각하기

- 어떤 아빠, 혹은 엄마가 되고 싶은지 정했다면 그렇게 생각한 이유를 생각해 봐.

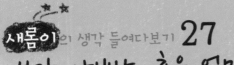

내가 아빠, 혹은 엄마가 된다면?

물론 우리 부모님의 모습 중 본받고 싶은 점도 많지만 오늘은 바꾸고 싶은 점을 찾았어. 바로 딸과 한 약속을 너무 쉽게 어긴다는 점이야.

내가 만약 엄마가 된다면 나는 아이들과 한 약속을 꼭 지키는 엄마가 되고 싶어.

약속을 지키지 않으면 그 약속을 생각하며 기다려 온 아이들이 많이 실망할 거야. 그리고 앞으로 약속은 지켜도 그만, 지키지 않아도 그만이라고 생각할 수 있잖아.

어른은 아이들의 거울이라고 했어. 약속을 꼭 지켜서 약속의 소중함을 알려주고, 아이들에게 모범이 되는 엄마가 되고 싶어.

제목 : 약속은 일회용품이 아니야!

　아빠와 놀이공원에 가기로 약속한 날이다. 며칠 전부터 이날만을 손꼽아 기다렸다. 그런데 아빠는 피곤하시다며 일어날 생각을 하지 않으셨다. 나는 늦게 가면 놀이기구 타기가 어려울 것 같아 초조해하며 아빠를 계속 깨웠지만 헛수고였다. 점심때가 다 되어서 일어나신 아빠는 다음에 가자며 또다시 지키지도 못할 약속을 하셨다.　'다음에, 다음에' 라고 하시면서 약속을 미룬 것이 벌써 세 번째이다. 실망한 나를 보고 엄마는 같이 백화점에 가서 예쁜 원피스를 사자고 하셨다. 나는 엄마가 외출 준비를 하시기만 애타게 기다렸다. 아무리 기다려도 엄마가 백화점에 가자는 말씀을 하지 않으셔서 내가 엄마에게 이야기하자 엄마는 오늘 간다고 한 적 없다면서 다음에 가자고 하셨다. 어른들은 약속을 무슨 그냥 한 번 말했다가 '다음에' 라는 쓰레기통에 버려도 되는 일회용품이라고 생각하시는 것 같다.

　내가 만약 엄마가 된다면 아이들과 한 약속은 무슨 일이 있어도 꼭 지키는 엄마가 될 것이다. 그리고 지키지 못할 것 같으면 애초에 약속하지 않을 것이다. 아이들은 부모님과 약속을 하고 그것을 생각하며 얼마나 기대하고 기다리는지 어른들은 잘 모르는 것 같다. 헛된 약속을 해서 괜히 기대감을 주는 것보다는 지키지 못할 일이라면 애초부터 약속하지 않는 것이 낫고, 만약 약속을 했다면 무슨 일이 있어도 지켜야 한다고 생각한다. 나는 약속을 하고 기다리는 아이들의 마음을 잘 알기 때문에 함부로 약속하지도 함부로 약속을 어기지도 않을 것이다.　어른은 어린이의 거울이라는 말이 있다. 나는 아이들에게 약속을 잘 지키는 거울이 되어 약속의 소중함을 알려주고 모범이 되는 엄마가 되고 싶다.

타임머신이 있다면?

"어? 오똑맨, 일기장이 한 장밖에 안 남았어."

"진짜? 우리도 벌써 헤어질 때가 되었네."

"뭐? 헤어진다고? 그게 무슨 소리야?"

"무슨 소리긴. 이제 내가 전해줄 비법카드를 다 썼다는 뜻이지."

"오똑맨 나 아직 일기 쓰는 거 어려워. 네가 많이 도와줘야 해."

"아니야 새롬아. 이제 일기 박사가 됐는걸."

"그래도 싫어. 나 절대 이 마지막 장에 일기 쓰지 않을 거야. 그러면 헤어지지 않아도 되는 거지? 너랑 헤어지느니 일기 쓰지 않는 것이 더 나아!"

　오똑맨과 언젠가는 헤어져야 한다고 생각하고 있었지만 그 날이 이렇게 빨리 올 줄은 몰랐어. 나는 절대 마지막 장에 일기를 쓰지 않겠다고 다짐했어. 오똑맨하고 헤어지느니 일기를 쓰지 않는 것이 더 낫다고 생각했지. 내 눈물에 한참을 잠자코 있던 오똑맨이 긴 한숨 끝에 입을 열었어.

"새롬아, 너 나와 처음에 했던 약속 기억나?"

"훌쩍, 무슨 약속?"

"내가 우리 노트 세계의 규칙을 어기면서 너에게 말을 걸고 비법을 알려준 이유 말이야."

"다른 친구들에게도 일기 비법을 알려주라고? 그래서 열심히 알려 줬잖아. 훌쩍."

"그러니까. 그 마지막을 장식해야지. 마지막 일기 비법카드를 보여줘야 하지 않겠어?"

"그래도……. 그래도……."

"물론 나도 너와 헤어지는 것이 슬프지만 난 일기장이야. 네가 일기를 써 줘야만 하는 일기장인 거 잊었어?"

"그래도…… 난 못하겠어. 내가 일기를 쓰면 너와 헤어지는 게 되는데 내가 어떻게 일기를 써. 난 못해."

"새롬아, 네가 내 속에 너의 일기를 꽉꽉 채워주는 것이 나에게 더없이 행복한 일이야. 새롬아, 할 수 있지?"

오똑맨의 간곡한 부탁에 나는 어쩔 수 없이 고개를 끄덕였지만 눈물이 멈추지 않았어. 그리고 연필을 들 수가 없었지. 내가 쓰는 글자 하나하나가 오똑맨과 이별을 만드는데 어떻게 글을 쓸 수 있겠어.

"타임머신이 있었으면 좋겠어 오똑맨."

"그게 무슨 소리야. 타임머신? 그건 또 뭐야?"

"시간을 돌릴 수 있는 기계 말이야. 타임머신. 타임머신이 있다면 너를 처음 만났던 때로 돌아갈 거야. 그리고 이렇게 열심히 일기를 쓰지 않을 거야. 천천히 아주 천천히 쓸 거야. 그동안 내가 너무 열심히 일기를 쓴 거 같아."

"하하하, 무슨 말도 안 되는 소리야. 그동안 새롬이 네가 열심히 일기를 써 줘서 내가 얼마나 즐거웠는데 오늘 노트 세계로 돌아가면 아마 많은 일기장이 나를 부러워할 걸? 새롬아 정말 고마워. 나를 가장 멋진 일기장으로 만들어 줘서……."

오똑맨도 참았던 눈물을 흘렸어.

"에이, 글씨 번질까 봐 꾹 참고 또 참았는데……."

오똑맨과 나는 그렇게 한참을 울며 이별을 준비했어.

"새롬아, 마지막 상상 일기는 아까 네가 말했던 '타임머신' 어때? 재미있을 것 같은데."

오똑맨은 무거운 분위기를 바꾸려고 밝게 웃으며 말을 했어. 나도 더는 오똑맨을 힘들게 해서는 안 될 것 같아서 애써 웃으며 말했지.

"타임머신? 만약 타임머신이 있다면 언제로 돌아가고 싶은지 쓰라는 거지? 당연히 너를 처음 만났을 때지."

"그건 안 되는 거 알지? 다른 사람들에게 내 얘기하면 안 된다고 했잖아. 그렇게 생각해 준 새롬이 네 마음만 고맙게 받을게. 다른 걸 생각해 봐. 돌아가고 싶은 때, 혹은 미래로의 여행도 재미있겠다. 그치?"

"응, 알았어. 한 번 써 볼게. 이제…… 헤어져야 하는 거지?"

"새롬아, 앞으로도 멋진 일기 부탁할게. 다른 일기장에 쓰더라도 말이야. 알았지?"

"응, 나에게는 일기 비법카드가 있잖아. 걱정하지 마."

"새롬아, 안녕."

"오똑맨, 안녕."

나는 오똑맨과 슬픈 인사를 하고 마지막 비법카드를 받기 위해 안테나 머리띠를 썼어. 내 눈앞에는 처음과 마찬가지로 일기 비법카드가 나타났지.

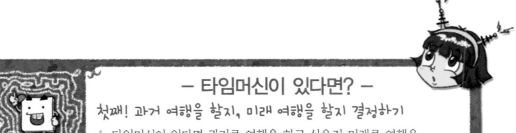

– 타임머신이 있다면? –

첫째! 과거 여행을 할지, 미래 여행을 할지 결정하기

타임머신이 있다면 과거로 여행을 하고 싶은지 미래로 여행을 하고 싶은지 결정해 보자.

둘째! 여행하고 싶은 시기 정하기

과거로 여행하고 싶을지 미래로 여행하고 싶을지 결정했다면 이제 구체적 시기를 정해봐. 예를 들어 유치원 소풍 때, 혹은 대학생이 되었을 때 등 구체적으로 정하면 좋겠지?

셋째! 위의 시기로 여행하고 싶은 이유 생각하기

위와 같은 시기로 여행하고 싶은 이유를 생각해봐. 그리고 그 때로 간다면 어떤 일을 하고 싶은지도 이유와 함께 생각해 보자.

오똑맨의
**일기
비법카드**
{28}

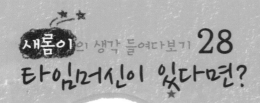

먼저 과거로 갈지 미래로 갈지
생각해 보라고 했지. 음…….
만약 타임머신이 있다면 나는
과거로 가고 싶어.

내가 가장 행복했던 때는
바로 유치원에 다닐 때였어.
모든 것이 새롭고 신기해서
하루하루가 즐거웠거든.

유치원에 다닐 때 가장 기억에
남는 날은 소풍날이야. 그날은
처음으로 간 소풍이라 정말 설레고
긴장했던 것 같아.
그 때의 그 설렘을
다시 한 번 느껴보고 싶어.

만약 그 때로 돌아간다면
꼭 하고 싶은 일이 있어. 소풍 때
보물찾기를 했는데 나 혼자
다섯 개를 찾았거든. 그 때는 매우
행복했는데 지금 생각하니 보물을
못 찾아서 울고 있던 친구들에게
나누어 줄 걸 그랬다는 생각이 들어.

제목 : 두근두근 설렘 가득했던 첫 소풍날

 만약 타임머신이 있다면 내 생애 첫 소풍이었던 유치원 소풍날로 가고 싶다. 가장 행복했던 시절을 꼽으라면 나는 주저 없이 유치원을 다닐 때를 꼽고 싶다. 그때는 모든 것이 새롭고 신기해서 하루하루가 즐거웠다.

 처음으로 소풍을 가기 전날 밤이 아직도 생생하게 기억난다. 처음 가는 소풍에 대한 기대감에 마음은 풍선처럼 부풀어 올랐다. 또 엄마와 아빠 없이 어딘가에 간다는 것에 대해 조금은 무섭고 긴장되기도 했던 것 같다. 드디어 소풍 날 아침, 엄마가 만들어 준 예쁜 도시락을 가지고 유치원으로 갔다. 친구들은 모두 가방에 간식을 한 아름 싸 가지고 싱글벙글 웃고 있었다. 물론 엄마를 떨어져 가고 싶지 않다고 우는 아이들도 있었다. 하지만 막상 소풍 장소인 동물원에 도착했을 때 책에서만 보던 동물을 실제로 본 아이들은 엄마 생각은 잊은 채 모두 신이 나 있었다. 그렇게 동물들을 구경하고 엄마가 싸 준 맛있는 도시락을 먹은 후 우리는 선생님들께서 미리 준비한 보물찾기를 했다. 그 날 나는 엄청 많은 보물을 찾았다. 혼자서 다섯 개나 찾은 나는 보물을 한 아름 안고 싱글벙글했다. 보물을 하나도 찾지 못해 우는 친구들도 있었지만 나는 보물을 잔뜩 찾았다는 기쁨에 취해 그 친구들을 돌아보지도 않았다.

 그런데 시간이 지나고 보니 그 일이 몹시 후회된다. 만약 타임머신을 타고 그 시절로 돌아간다면 내가 찾은 보물 중 가장 갖고 싶었던 보물 한 가지만 남기고 다른 친구들에게 나누어줄 것이다. 그 당시 찾은 보물이 무엇인지도 생각이 안 나는 것을 보면 분명 별것

아닌 보물이었을 것이다. 하지만 그 날 보물을 못찾고 울었던 친구들의 모습은 아직도 내 머릿속에 생생하게 남아있다. 그 날 내가 찾은 보물을 그 친구들에게 나누어 주었다면 지금쯤 그 날 찾은 보물보다 더 소중한 보물을 간직하게 되지 않았을까? 내가 준 보물을 받아들고 환하게 웃는 친구들의 얼굴 말이다. 어떨 때는 눈에 보이는 보물보다 보이지 않는 것이 더 큰 보물일 때가 있는 것 같다.